当我阅读时
我在思考什么

〔英〕T.S.艾略特 著

刘勇军 译

万卷出版有限责任公司
VOLUMES PUBLISHING COMPANY

新流出品

目录

I 关于书籍的思考

3 评A.沃尔夫所著《尼采哲学》

7 莎士比亚和蒙田

13 莎士比亚十四行诗的问题

19 文学、科学和教条

29 为什么罗素先生是基督徒

35 三位改革家

45 弗洛伊德的幻想

53 歌德简介

61 夏洛克·福尔摩斯和他的时代

73 帕斯卡的《思想录》

97 诗歌是由文字构成的

II 关于作家的思考

107 纪念亨利·詹姆斯

115 威尔基·柯林斯与狄更斯

135 莎士比亚与塞涅卡的斯多亚主义

161 叶芝

183 解读詹姆斯·乔伊斯

III 关于文学评论的思考

195 文学评论的功能

197 文学评论的思想

207 什么是经典?

IV 思考,从书籍到世界

243 文学和现代世界

257 应该对书籍进行审查吗?

I 关于书籍的思考

A.沃尔夫 | 1876—1948

评A.沃尔夫所著《尼采哲学》

对于尼采这样的作家,他的哲学在脱离文学特质时就会蒸发,他的文学魅力不仅在于人的个性和智慧,还在于对科学真理的主张。这样的作家向来对广大对哲学只是一知半解的公众会产生特殊的影响。他们不会做出形而上或文学、斯宾诺莎或司汤达所要求的严厉评论,还很喜欢不同兴趣混杂所带来的享受,但不会把不同的兴趣合并在一起。

如果尼采是这种混合类型的哲学家,那么当像沃尔夫博士这样有能力的专业哲学家在试图介绍他的哲学,而忽略他职业生涯的所有细节,并且很少提及他在哲学以外的兴趣时,那么观察结果就将具有启发意义。有趣的是，在这一系列简短的演讲中，沃尔夫博士进行了令人钦佩的简化，在116页的书中，他为尼采作品中的哲学思想做出了极好的梗概。

书的前21页都在讨论尼采对战争的看法。沃尔夫博士自然想表明尼采并不支持任何军国主义哲学。他只要引用一些文字，就能很容易证明该论点。有一点他没有表明，但根据书名来看，我们可以要求他表明尼采对这个主题有没有什么哲学上的观点，或者除了表达每个有思想的人都会想到的相互矛盾的看法之外，他还做过什么。光是说尼采"对不必要的残忍或屠杀没有变态的嗜好"，并不足够。如果这就是沃尔夫博士所能为他说的，那么至少在战争这个主题上，我们并没有发现"尼采思想的大致轮廓……对细心的读者来说是足够清晰的"，毕竟压根儿就看不到大致的轮廓。

看过第四章（尼采的"知识论"），不免怀疑这种简化使哲学简单化了。沃尔夫博士向我们保证尼采做出了知识论。"我认为，其主要的观点……在于提出所有人类'知识'中包含的人文'视角'——有点像康德和其他人在他之前所做的那样，只是更甚而已。"尼采"倾向于怀疑"所有的"人类知识"是准确的。他认为人类知识"超出了可能的范围，作为一种手段无法恰当地批评其自身的适应性"。有时他认为思想能改变事物，有时他又觉得，除了我们所知道的自然，没有别的自然可言。真理有时是温顺而实用的，有时是敌对的，必须避免。沃尔夫博士很好地总结了这些观点，但很难让我们相信它们构成了"知识论"。

在处理尼采的宇宙论方面，沃尔夫博士更为成功。在我们看来，他认为尼采的自然观本质上是叔本华式的。这个看法很准确。我们并不清楚尼采如何让意志（以及能力）或意志的各种中心成为终极现实，也不清楚他反对叔本华的理由是什么。即使在如此简短的讨论中，我们也希望看到尼采对进化和变化的观点与柏格森[1]和詹姆斯的观点进行对比，并更多地听到他对达尔文主义的态度，以及他与巴特勒的一些相

---

[1] 法国哲学家。——译者注

似之处。

尽管沃尔夫博士抱着同情的态度,却不能让人们相信尼采对宇宙的变化持有一致的道德原则。最后一章("行为理论")对我们没有多大帮助,尽管所做的总结是非常不错的。世界意志像柏格森的意志一样具有创造性,却更真诚,它没有意义,也没有承诺。有时,世界在人类手中似乎是可塑的。有时,意志被认为是完全无意识的东西,而意识则被视为一种附带现象。沃尔夫博士得出的结论是,尼采"始终如一,坚决支持有限的自由意志",但这个结论难以叫人彻底信服。

最后两章是本书的精华所在,不过有一点很遗憾,那就是书中未曾提及尼采对艺术的观点,以及在《人性的,太人性的》中对艺术未来的有趣的悲观主义。

莎士比亚和蒙田

未署名评论乔治·科芬·泰勒所著《莎士比亚对蒙田的亏欠》

泰勒教授写了一本有用的书。他以最简洁、最紧凑的形式（包括附录在内，整篇论述只有66页）提出了他的结论，这显示了他的智慧，他的附录还以最方便读者的方式展示了他的证据。总的来说，他与J.M. 罗伯逊先生关于莎士比亚与蒙田关系的观点是一致的。但他的研究方法非常有趣。此外，他在限制研究范围方面所表现出的谦虚和谨慎，使他的研究方法更加可信。

泰勒先生让自己只确定语言影响的程度，他这么做很正确。他的方法简单而有说服力。首先，他将弗洛里奥译本中许多相似的段落与1603年（弗洛里奥译本的出版日期）后所写的戏剧中的段落进行了对比。他并不认为莎士比亚的哪个段落明显出自蒙田的——尽管对一个没有偏见的人来说,有几个相似的段落是确定无疑的——但他认为,相似之处的数量足以证明莎士比亚对弗洛里奥翻译的蒙田作品有很深的印象,尤其是在 1603 年后的几年里,后来的莎士比亚戏剧则很少有相似之处。这些相似点本身读来就非常有趣。但是,这大量的证据是由另一种类型的证据支持的,而提出这类证据,正是泰勒教授最重要的贡献。泰勒教授搜集了一份弗洛里奥译本中出现过的单词和短语的清单,而莎士比亚使用这些词语,都是在弗洛里奥译本出现之后而不是之前。而且,这样的词语数量之多,足以让人猜测莎士比亚是从弗洛里奥那里学来的。此外,泰勒先生还制作了一张表格,上面列明了每部戏剧中出现的这些单词和短语的数量,以及它们在每页中的百分比。结果令人非常满意(只有两个例外),最高的百分比出现在 1603 年前或之后不久的戏剧中。从那之后,这类词语逐渐减少,就像弗洛里奥译本的深刻印象从莎士比亚的脑海中消失了一样。对于这两个例外,泰勒教授承认,"《暴风雨》的强大影响令人费解，除非有人认为莎士比亚休息了一段时间才又去看蒙田。"这一假设可能看起来相当站不住脚，但我们认为他有很多话可说。毫无疑问，《暴风雨》是莎士比亚后期创作的戏剧，也是唯一一部人们普遍承认是受蒙田影响的戏剧。至于《奥赛罗》，理论上来说受蒙田的影响应该很大（表中显示每页中出现的蒙田词汇只占2.2%，而在《冬天的故事》中占2.8%），我们认为泰勒教授应该用更长的篇幅来阐述他的理由。

不过，不管怎么说，泰勒教授只不过是想做一种推测，在这一点上，我们认为他做得很成功。至于蒙田对莎士比亚的影响属于什么性质，他很明智，始终保持沉默，未加评判。很大一部分必须归功于弗洛里奥本人，在这里，泰勒教授对伊丽莎白时代的译者在丰富语言方面所做的工作表示了必要的敬意。弗洛里奥不得不利用我们语言中每一种可用的词汇来源，当这些来源耗尽时，他就只能利用外来的词语了，而这都是英国以前从未使用过的新词汇。只要你不辞辛劳地把弗洛里奥所有的译本通读上两三遍，就不会怀疑他竟有如此大的词汇量。在 1603 年前后，如果我们要在脑海中寻找一个可供使用的词汇来源，且它能让莎士比亚突然扩大词汇量，那么我们最终就会找到弗洛里奥翻译的蒙田。

泰勒教授补充说，即使我们承认莎士比亚的许多词汇可能有其他来源，比如诺斯[1]翻译的普鲁塔克[2]的作品，或者是弗洛里奥和莎士比亚借鉴了共同来源，那么也有证据显示莎士比亚拥有有史以来最惊人的词汇记忆，这一点几乎是无可争辩的，而且，这与我们所知道的莎士比亚的一切都是一致的。在更清楚地揭示这种语言影响的过程中，泰勒教授纠正了人类追求神秘和刺激的不变冲动，这肯定不是一个哲学家对另一个哲学家的影响。正如泰勒教授提醒我们的那样，对于莎士比亚的"哲学"是什么——如果他有哲学的话——没有两个批评家能达成一致，我们只需要回想一下桑塔亚那先生和米德尔顿·默里先生那样极

1　英国治安法官、翻译家。——译者注
2　古希腊历史家。——译者注

端的观点即可。蒙田就是那种为诗人提供兴奋剂的作家。因为诗人在阅读中寻找的不是哲学，不是一套学说，甚至不是他努力去理解的前后一致的观点，而是一个出发点。像莎士比亚这样的工匠，他的工作是写戏剧，而不是思考，他的态度与哲学家甚至文学评论家的态度大不相同。

这并不是说蒙田没有以我们永远无法知道的方式影响莎士比亚。泰勒先生并不否认存在比词汇更深层次的影响。但他克制着不去尝试探索这些深度，而对于这种克制，我们必须给予充分的赞扬。几乎可以肯定蒙田对莎士比亚有一些情感上的影响。包括《哈姆雷特》、《以牙还牙》和《特洛伊罗斯》在内的那组神秘而恐怖的戏剧的特点，我们觉得在一定程度上莎士比亚一定是受了蒙田的影响。但究竟是什么影响，影响又有多深，我们永远都不可能了解。世人不仅不了解莎士比亚生活的外部历史，对他的内部历史（可能与外部事实有很大的关系，也可能没有关系），以及他内心的危机（我们的想象力受到诱惑，长久以来一直在思考这一点），才是我们永远都无从得知的。

J.M. 罗伯逊 | 1856—1933

莎士比亚十四行诗的问题
评J. M. 罗伯逊所著《莎士比亚十四行诗的问题》

对这一主题,任何只有一般文学知识的人(罗伯逊是其中为数不多的专家之一),在评论他的书时可能会采用一种比同行更个人化的语气,倒也可以原谅。对罗伯逊先生的理论进行详细的评论(这位作家或许对这种评论感兴趣),只能由其他六位专家中的一位来完成。作为一个普通的文学家,即使他对那个时代和主题有某种特殊的兴趣,也只能给出一个粗略的意见,但他的大致赞同或反对可能会有些分量。我承认,我一直(大致上)赞同罗伯逊对《莎士比亚经典》的"分解",尽管我可能会质疑,或者至少是惊叹于他和其他伊丽莎白时代文本批评专家逐行识别的精确度。我也倾向于接受他关于莎士比亚十四行诗的总体理论。

罗伯逊先生的理论很简单,它很有独创性但不耸人听闻,若是按照都铎时代出版商的奇怪做法则可谓合乎情理。要是有人像我一样,从不确定十四行诗的顺序是否正确,或者全部 126 首诗是否真的是一个序列,或者是否全部出自一个人之手,那么罗伯逊先生的理论一定会给他们留下深刻的印象。承认其中一个怀疑,也就是承认了其他怀疑。罗伯逊的理论唯一可靠的替代品便是坚持所有的十四行诗都是莎士比亚亲自写的,还是连续写成的,都指的是同样的经历或与这些经历有关联的事件。但是某些十四行诗的真实性已经受到了质疑。前面也说过,这些诗歌不是一组诗,而是几组,而且并非全部写给同一个人。你会在罗伯逊先生的书中发现,有充分的理由相信这些诗歌之间的间隔时间很长。因此,罗伯逊先生的理论确实站得住脚。

正如我们所料,罗伯逊先生非常详细地阐述了他的观点(他为所提到的每一首十四行诗都提供了有用的索引）。他还概括了他的前辈和同时代人的大部分观点。我既没有篇幅也没有能力继续讨论这件事。简而言之，他的结论是：前 17 首十四行诗是莎士比亚早年写的，由他的母亲送给了年轻的南安普敦伯爵。莎士比亚通过中间人威廉·赫维先生（爵士）接受了南安普敦伯爵的委托，赫维先生是南安普敦母亲的第三任丈夫。这些诗被索普（一位出版商）抄进了一本册子，随后，索普不时地加进其他的十四行诗（显然这些诗都很得他的喜欢）。最后，索普把整卷诗集出版，并定名为《莎士比亚十四行诗》，还把这本书献给赫维（W.H. 赫维先生），正是因为他的努力，也许还是因为他的建议，第一组十四行诗才得以问世。至于其余的十四行诗，有些是莎士比亚的作品，许多则不然。在莎士比亚所创作的十四行诗中，有些很敷衍，有些很私密，有些是早期完成，有些则是晚期完成。但这些诗无不暗示了几种不同的经历和情绪。

这个答案是革命性的，也很合情合理。它立即否定掉了更为夸张，更欠缺实际证据，或故意制造神秘的理论。同时，它把这些十四行诗中大部分最好的作品归到了莎士比亚的名下（你可以随意对许多首十四行诗持不同意见，但我只对少数几首有不同意见。如果你非常喜欢莎士比亚的如下诗句：

> 夏日的繁花将甜美献给盛夏，
> 但花开尽头是荼蘼。

你可以喜欢这些诗句，同时还不必否定罗伯逊先生的论点）。这给他留下了神秘和隐私的尊严。罗伯逊先生并没有试图找出"黑女士"或"朋友"的身份（不过他坚持认为诗人查普曼与莎士比亚是竞争关系）。文学评论家应该在两点上支持校勘家，一是他们对"自传"元素的沉默，二是他们依赖于精确的题材文本，而不是热情。

  关于第一点，我相信，诗人的经历与股票经纪人的经历是完全不同的。一段恋情，无论是否有个圆满的结局，都可能导致投资的成功或失败。可如果没有许多其他的普通人所不能获得的陌生经历，就催生不出上佳的诗歌。一般来说，公众在根据某些"经验"解读诗歌的意义时,只会错得最离谱。一首好诗看似是对一种特殊经历的记录,但实际上可能是一个从未有过这种经历的人的作品。一首记录某一特定经历的诗,可能没有这一经历或任何经历的痕迹。关于好诗,公众(通常也包括评论家和专家)通常是大错特错的,他们所看到的诗背后的经历是他们自己的,而非诗人所有。我并不是说诗歌不是"自传",但这种自传是一个外国人用一种永远翻译不出来的外语写的。

至于第二点,当一个文学评论家试图根据自己的"感觉"来认定一首诗的作者,他很可能会大错特错。诗人,以及训练有素、有着非凡情感的评论家也许是价值的最佳评判者,却并不一定善于判断作者。一首诗越伟大,它似乎就越不属于创作它的个人。这种区别就像心理状态和一段陈述的意义之间的区别。即使我们有时意见不一致,但总的来说,相信罗伯逊先生的测试,我们会做得更好。一位著名的艺术评论家(他的名字我现在已经忘记了)写了一篇有趣的论文,表明在试图确定一幅作者不详的画作究竟出自谁手时，最应该仔细地检查画家画的最粗心的部分，而这可能是耳朵，而罗伯逊先生就准备不辞辛劳地检查耳朵。就让那些人不同意罗伯逊先生的观点吧，而罗伯逊先生有他自己的才能和考验。然而，他的书对那些没有能力，但关心莎士比亚诗歌的人同样重要。它们是不可缺少的，无疑是我所读过的关于这个主题的最好的讨论。"就让十四行诗自己去站稳脚跟吧，"他在结尾处是这样写的，还饶有趣味地加进了一些比喻，"等我们剔除了瘸子和瞎子，它们就完全可以做到这一点了。"

文学、科学和教条
评I. A. 瑞恰慈所著《科学与诗歌》

I.A.瑞恰慈先生既是一位心理学家,也是一位文学专业的学生。他不是一个选择以牺牲文学为代价来实现成就的心理学家,也不是一个涉猎心理学的文学家。在我们这个时代,人们以为会遇到许多像他这样的人。但是双重的天赋,比双重的考验还要难得,瑞恰慈先生几乎可以算是独一无二。《美学基础》和《意义的意义》(合作作品)是肯定会得到重视和好评的书籍。他的第一部完全原创的作品《文学评论原理》堪称里程碑,尽管并不完全令人满意。瑞恰慈先生有些话难以启齿,他还没有完全掌握说这些话的技巧。对那些他以前很难说出口的话,他现在有可能说

I.A. 瑞恰慈 |1893—1979

得更好。现在所说的这本小书标志着瑞恰慈先生在表达和编撰方面的能力有了明显的进步。这本书读起来妙趣横生，每一个对诗歌感兴趣的人都应该看一看。

这本书之所以引人注目，并不是因为它为任何问题提供了答案。瑞恰慈先生提出的这类问题通常是得不到回答的，通常它们只是被取代。但是，瑞恰慈先生提出的问题要过很长一段时间才会过时。事实上，瑞恰慈先生有一种特殊的才能，他可以预见到下一代人将要提出的问题。他在这里提出的问题是最伟大的时刻之一，意识到这一点和类似问题后，就几乎无法把自己的注意力放在其他任何事情上了。这些问题究竟是什么，我们解释起来有些困难。这本书只有短短的 96 页，首先是对认识论中一个未被探索的全新领域进行了探讨：真理与信念之间的关系，理性与情感赞同之间的关系。这是《信仰的原理》中的一篇文章，这是我遇到的第一个暗示，其中含有不同类型信仰的问题。它触及了信仰与仪式的关系这一重大问题。它描绘了在欣赏诗歌的过程中，心理上发生了哪些变化。它概述了一种价值理论。顺便说一句，它对真诗和假诗的区别也有许多公正的观察。人看了浓缩在这 96 页纸里的精华，不可能不陶醉到头昏目眩。

瑞恰慈先生的重要性（我已经说过他确实很重要），不在于他的解决办法，而在于他对问题的看法。他的问题的规模和他的解决方案的规模之间存在一定的差异。这是很自然的事，当一个人意识到一个大问题时，他的眼界就大了。但当一个人提供解决方案时，他也将经受相应的考验。瑞恰慈先生能提出一个从来没有人问过，且是无法回答的问题，并用剑桥心理学实验室里腹语般的声音回答这个问题，这种情况说起来还真有点滑稽。他的一些信念似乎互相冲击。"……思想是利益的仆人。"他在第 22 页这样写道，这是心理学家们最时髦的用语。但当我们继续读下去时，就会发现我们的思想实际上是非常可怜的仆人。因为持有某种信念似乎符合我们的利益（我们会问是什么符合我们的利益），即相信从客观现实中产生的客观价值。人们会以为瑞恰慈先生坚持认为"科学"纯粹是关于事物运作原理的知识，它并没有告诉我们事物到底是什么，而他确实在一定程度上坚持了这个看法。他说,"科学无法告诉我们事物在任何终极意义上的本质"。在这种情况下,我们应该期望科学将完全独立于"事物在终极意义上的本质",让我们自由地"相信"我们愿意相信的"终极"意义。然而,科学确实干扰了这个"终极意义",否则瑞恰慈先生就不会写这本书了,而他的观点是,科学(尽管受到限制)已经粉碎了诗歌一直依赖的宗教、仪式或神奇的自然观。我想瑞恰慈先生将不得不重新考虑这个问题。反对意见并不像看上去那么微不足道。假如一个人要从哲学的角度来考虑信仰的本质,那么身为科学家和身为神学家同样危险。在我们这个时代,科学家对真理的本质会比神学家更有偏见。瑞恰慈先生喜欢问超科学的问题,却只给出了科学的回答。

在他的价值理论中,瑞恰慈先生再次提出了超科学的问题,并仅仅给出了科学的答案。他的价值理论似乎与他在《文学评论原理》中的观点一致。价值是组织:"如果思想是一个兴趣系统,如果经历是兴趣的游戏('游戏'是什么意思),那么任何体验的价值就在于思想通过这种体验达到完全平衡的程度。"对瑞恰慈先生来说,"兴趣"往往是原子单位,兴趣之间的力量往往只存在数量上的差异。因此,善与恶之间的区别就变成了"自由组织与浪费组织之间的区别":有效率就是好的,是一种运作完美的生产系统。对"我们的朋友"(我们希望他们很好)来说,最好的生活是"他自己尽可能多地参与进来(尽可能多地随性而行)"。圣弗朗西斯(选择一个现在公众熟知的人物)本可以选择一种比他所选择的生活更随性的生活。他本可以选择一种生活,在这种生活中,他会兴之所至,去买漂亮衣服(这本身并不是什么不好的冲动)。目标在于避免"冲突",达到"平衡"。佛教徒对"平衡"有不同的说法。

我还不至于幼稚到断言瑞恰慈先生的理论是错误的地步。毕竟很可能他的理论是对的。然而,这只是一个方面。它是一种心理学的价值理论,但我们也必须拥有道德上的价值理论。这两者是不能共存的,但两者都不能有所让步,而这正是问题所在。如果我相信人的主要特点是"荣耀上帝,以他为乐,直到永远",而我确实相信这一点,那么瑞恰慈先生的价值理论就不够好了。我的优点是,我可以相信我自己,也相信他,而他却只限于他自己。事实上,和大多数科学家一样,瑞恰慈先生的信仰能力由于过于专业化的训练而受到了损害,就好比一条腿上全是肌肉,另一条腿完全瘫痪了。当我细读罗素先生的小书《我的信仰》时,我对罗素先生在有限范围内的信仰能力感到惊讶。圣奥古斯丁对此深信不疑。罗素先生相信自己死后会腐烂,而我不能赞同那种信念。然而,我不能"相信"——这是最重要的一点——我和罗素先生,以及其他更容易轻信的同胞一样,一刻也不相信任何东西,只相信科学的"方法"。

在我看来,瑞恰慈先生似乎被他自己的怀疑主义欺骗了,首先,他坚持认为诗歌与对过去的信仰有关系;其次,他认为诗歌必须改变,而不需要对未来有任何信仰。他承认,"即使是我们最重要的态度也可以在没有任何信仰的情况下受到激发和维持",他还称,"如果我们要读《李尔王》,那就不需要信仰,事实上我们不必非要有信仰"。《李尔王》毕竟是一个重要的例外,但这种说法非常值得怀疑。我不知道瑞恰慈先生是否有意暗示莎士比亚写这首诗时一定没有信仰，但我无论如何也看不出，读《失乐园》比读《李尔王》需要更多的信仰。如果让自己沉浸在艺术作品中可以培养信仰，那么我应该说，我读了莎士比亚的戏剧后，比读了弥尔顿的诗歌后，更倾向于怀有某种信仰。无论如何，我都希望瑞恰慈先生能举出一个例子，说明没有信仰就不可能创作出艺术品。在这一章（"诗歌与信仰"）中，瑞恰慈先生在使用"信仰"这个词时似乎非常含糊，通常带有宗教信仰的意味，尽管我不明白他为什么要局限于此。我并不认为他会觉得荷马相信所有奥林匹斯剧团的恶作剧都"确有其事"，而奥维德专门研究神明逸事，很难被当作罗马原教旨主义的例子。在罗马诗人中，最有"信仰"的是卢克莱修（请恕我大胆直言），他的信仰恰恰是一种科学的信仰，他对他的幻影维纳斯的信仰确实是非常淡然的。但是，即使我们以似乎最适合瑞恰慈先生目的的诗人但丁为例，我们又有什么权利断言但丁实际上相信什么，或者他是如何相信的呢？他是否像圣托马斯一样相信《神学大全》，圣托马斯又是否像马里顿一样相信《神学大全》？但丁在多大程度上依赖于"神奇的自然观"？

整个问题的关键在于在科学的世界中能否维持情感价值。瑞恰慈先生非常清楚情感和感情在人类历史进程中的出现和消失，而且速度是非常快的。这是我从同他的谈话中得知的，我不知道还有谁比他更清楚。中世纪晚期的某些情感，已经完全消失了，就像最好的彩色玻璃或拜占庭珐琅的制造秘术一样，如果可能的话，我们会很高兴拥有这些感情。正如瑞恰慈先生所言，未来科学知识越是增长，很可能"灵性"（这个词是我提出的，而非瑞恰慈先生）就会越发退化。瑞恰慈先生认为，唯一能把我们从"精神错乱"中拯救出来的就是诗歌，这种诗歌脱离了一切信仰，并且关乎未来。我想象不出这样的诗会是什么样子。如果他对"信仰之诗"的描述能更清楚，我们也应该更清楚地了解他所说的"不信之诗"是什么意思。如果所有过去的诗歌和所有未来的诗歌之间当真存在他所说的这种区别，那么我不认为他有理由把《李尔王》这样的诗歌作为例外。他若是对的，那么我认为未来的机会并不像他希望的那么光明。他声称诗歌"能够拯救我们",这就好比说,在墙倒屋塌的时候,墙纸能救我们一命。这简直就是《文学与教条》的修订版。

　　这本书的主要缺点是篇幅太短,毕竟主题太过宏大。在这本96页的书中,瑞恰慈先生涉及了太多内容,我不得不把他一些最有趣的论点和他对当代诗歌的所有精辟而又极具价值的评论都留后不谈。他让我们担心,让我们紧张,我们希望他能写一本更长的书。顺便说一句,有一点很遗憾:瑞恰慈先生以华兹华斯十四行诗的第七行为例,来阐释他的诗歌欣赏过程理论,但在印刷时,这行诗在印刷时应该略去一个音节(以便阅读)。

为什么罗素先生是基督徒

评伯特兰·罗素阁下所著《我为什么不是基督徒》

罗素先生的文笔极好,而且除了感情用事以外,通常都写得很好。这篇短文是在巴特西市政厅发表的一篇演讲,文中囊括了罗素先生一贯的优点:清晰、坦率,此外还有一种轻快的魅力。作为一位如此杰出的哲学家的信仰宣言,它具有相当的重要性,值得进行一番耐心的研究。罗素先生清晰的文风往往像一面镜子,而不是清澈的水,而且不像表面上那么容易看透。这本小册子无疑可以进入文学瑰宝的行列。

标题本身就很奇怪。我们不应该期望它一定意味着文中会说明罗素先生不是基督徒的前因后果。为了用理性的表象来强化他的信仰,我们已经准备好发现

伯特兰·罗素 |1872—1970

这些理由是作者后来才想起来的。然而,"为什么"这个词确实暗示了原因的概念,而罗素先生很早就提醒我们,"原因已经不像过去那样了"。"哲学家和科学家们,"他兴高采烈地说,"已经开始研究原因,但原因已不再像过去那样有生命力了。"人们不禁要问,如果哲学家和科学家们开始研究罗素先生宗教信仰的原因,会发生什么。他说:"没有理由说这个世界无缘无故地出现。"那么我推断,罗素先生的宗教哲学也没有理由无缘无故地产生。而事实似乎正是如此,我想罗素先生会承认这一点,毕竟他并不缺乏坦率。对于罗素先生相信或不相信他所做的事情的原因,我们都有可能给出一个完全不同的解释,并且比他自己的陈述看起来更可信。但最终,我们应该不得不承认,压根儿就不存在原因,事情就这样发生了。

无论如何,罗素先生的话是无可争议的:"我不认为人们接受宗教的真正原因与论证有任何关系。他们接受宗教,是基于情感。"尽管我相信他会承认,但他没有明确指出的是,他自己的宗教信仰也完全建立在情感基础之上。但是,也许这样的思考对巴特西市政厅的观众来说太深奥了。这种情感基础在最后一段尤为明显，在这一段里，他唱起了《自由人的信仰》的凯歌。

我们想要自立、公正地看待这个世界，看到好与坏、美与丑，看清这个世界的本来面目，心中无所畏惧。用智慧征服世界，而不仅仅屈服于世界的恐怖……

罗素先生喜欢"公正地"看待事物，喜欢自立，不喜欢依附别人。他还说过："我们应该站起来，坦然地面对这个世界。"他让我想起克莱夫·贝尔先生，他曾经在一个热情洋溢的时刻表示自己热爱真理、美好和自由。

罗素先生的话将会触动那些与他有着相同口号的人。他对自由、仁慈和诸如此类的东西抱有毫无理性的偏见，对暴政和残忍也抱有同样不理智的偏见。我非常赞同恐惧很糟糕，我希望自己比现在更有胆量。但有经验的神学家可能会反驳说，"恐惧"有好几种不同的含义，对上帝的恐惧与对窃贼、火灾或破产的恐惧是完全不同的。罗素先生一定会同意这样的观点：敬畏上帝比害怕破产或邻居的反对要好。我不知道他是否会同意，对上帝的适当敬畏可能会使我们对这些不值得的恐惧更加无动于衷。无论如何，我们的神学家会声称，对上帝的敬畏有好有坏。敬畏上帝，坏方式是在血液中产生毒素、起鸡皮疙瘩，以及其他与我们对蛇和拦路强盗的恐惧相似的症状。

或许可以逐一讨论罗素先生的"论点"。它们都很普通。我记得，在我六岁那年，一位虔诚的天主教爱尔兰保姆把他的第一推动力论（正如詹姆斯·米尔对 J. 斯图尔特·穆勒所说）讲给我听。罗素先生是无神论者，他因此觉得自己不是基督徒。他应该和任何人一样清楚，重要的不是用心理学家的行为观来解释他怎么想，而是他怎么做。一旦习惯了无神论，我们就会认识到，无神论往往只是基督精神的一种变体。事实上，这样的变体有好几个，比如马修·阿诺德的高教会派无神论，我们的朋友 J.M. 罗伯逊先生的老教会无神论，还有 D.H. 劳伦斯先生的锡教会无神论。

另一种毫无疑问则是罗素先生的低教会无神论。只有当一个人明确地成为佛教徒、伊斯兰教徒、婆罗门教徒,他才不再是基督徒。唯一真正的例外是白璧德先生,他是一个真正的无神论者,同时本质上也是一个最正统的基督徒。罗素先生本质上是个低教会教徒,只有凭任性才能自称为无神论者。还有真正的异教徒(这样的人实属罕见),比如米德尔顿·默里先生,但默里先生是一位神学家。我们可以重视他的异端邪说,正如我们不能把罗素先生的无神论当真一样。就像罗素先生在政治上的激进主义只不过是辉格党原则的一种变体,他的非基督教精神也只不过是低教会情绪的一种变体。因此,他的小册子才是一份奇怪而可悲的记录。

三位改革家

未署名评论雅克·马里坦所著《三位改革家：路德、笛卡儿和卢梭》

这是马里坦先生第二本被翻译的著作，今年，希德和沃德出版社推出了小书《默祷的生活》（由阿尔加·托罗尔德先生翻译）。马里坦其他作品的法语版本，如《论智慧》，也有人撰写了书评。至少，马里坦这个名字在英国已经成为新托马斯主义最受欢迎和最有影响力的代表人物。但到目前为止，还没有现成的材料，使我们有可能对他在当代法国的地位进行仔细的研究。这本书由三篇文章组成，分别关于路德、笛卡儿和卢梭，这就使得这样的研究值得一做。

"新托马斯主义"一词可以有多种含义。它可以

雅克·马里坦 |1882—1973

适用于多明我会士和其他修道会成员的哲学研究成果，这些工作至少从利奥十三世宣布支持阿奎奈[1]以来就一直在进行，包括罗塞洛、塞蒂朗和加里古·拉格朗日等人的工作成果。它还可以应用于天主教义思想在当代巴黎生活中的普及。在后一个方面，如果我们只把它看作一个方面，那新托马斯主义从表面看就具有一些文学和哲学的模式。除了其严格的神学意义之外，它还代表了对柏格森的哲学思想、文学中的浪漫主义和政府中的民主的一种反抗。这三种反应自然而然就会相互配合，说明了马里坦先生同法兰西行动团体之间有着短暂的联系，也说明了新托马斯主义在其严格的天主教势力范围之外所施加的很大的力量。它们也或长或短地把那些主要爱好哲学、文学或政治的人带入教会。新托马斯主义的影响已经覆盖了许多从未读过圣托马斯一个字的人。在更广泛的意义上，马里坦先生是这种影响的主要传播者，他的地位庄严而杰出。

---

[1] 意大利神学家。——译者注

有一点很重要，那就是要认识到，尽管马里坦先生是一位才华横溢、成就卓著的学者，但他作为思想普及者的身份影响更大，甚至超越了独创性的思想家这一身份。他的地位在一定程度上要归功于他的人格魅力和优秀品格，归功于他的极大热情，以及他那充满活力、生机勃勃的风格。他的人生经历很有趣，也富有意义。他出生在法国的一个新教家庭，一开始学习现代哲学，后来皈依罗马天主教。他是柏格森的学生，甚至可以说是门徒，而柏格森是数学家和生物学家。战前[1]，他在德国学习了两年生物学，师从杜里舒等人。他结婚后才改信天主教。他之所以皈依，不是因为要研究基督教哲学，而是受到了一个非凡人物的影响，即暴力和狂热的小说家莱昂·布卢瓦。在皈依后，他认真地开始研究托马斯主义，这使他成为巴黎天主教大学哲学系的系主任。后来，他与查尔斯·贝玑成了好朋友。他写过一些关于布卢瓦的精彩文章，最近还编辑了一册布卢瓦写给他和布卢瓦教女马里顿

1　指第一次世界大战。——编者注

太太的信件集。

在评价马里坦的地位和价值时,我们必须从他的散文中认识到一种诗意的品质,这种品质可能来自布卢瓦对他的巨大影响,也许也有贝玑的影响。马里坦创作了托马斯主义抒情诗。作为理智主义的拥护者,他通过一条不同的路线找到了自己通往基督教精神的道路。他是个感性的天主教徒,而不是理智的天主教徒。这样说并不是要指责他前后不一或无能,也不是要试图削弱他的地位。这只不过是给他一个与技术哲学家截然不同的位置。他的作品也总是能激发人们的知识需求,尽管它并不总是能让人在知识上得到满足。正如人们所预料的那样,这本书中的三篇文章都是对其主题的彻底谴责。它们堪称力作,而通过力作很有可能得出正确的结论。将第三部分《论卢梭》与欧文·巴比特的杰作《卢梭与浪漫主义》进行比较,后者就好像从各个方面对一种疾病进行了耐心、详细和客观的检查,权衡了每一个证据,分析了每一个症状。马里坦先生则是突然扑向这个话题,用一句话概括了这种疾病,并立即开出药方。他打动人心而不是打动头脑。我们还没有做逻辑思考就被说服了。这本书确实精彩、令人愉快,易于阅读。

这些文章并不打算对所涉及的主题进行全面的研究。每一篇文章都是应用于该主题的一种思想的发展。是副标题暗示了这一点:路德《自我的到来》,笛卡儿《天使的化身》,卢梭《自然的圣徒》。卢梭的文章是最无趣的,因为在这个问题上已经没有什么新鲜的东西可说了。笛卡儿的文章是最引人注目的,并且接近了问题的核心。路德的文章写得很好,只是其中有一些没有必要的激烈言辞,因而遭到了破坏。我们之所以说没有必要,是因为马里坦先生就像对待其他人一样,也把路德当作他认为在最广泛意义上是异端的某些思想的典型人物。此外,他对自己的论点表述得不够公正,这也许会引起一些读者的反对,否则如果这些读者过分关注路德个人的缺点和恶习,也许会支持他的观点。他给人的印象与其说是一个伟大而危险的异教徒,不如说是一个野蛮的疯子。这非常遗憾,但重要的是,马里坦先生在细节上对路德比表面上看起来更公平。因此,在关于路德的倡言"放心犯罪"的注释中说,他做了下面的评论(许多人都知道这句删节了的句子出自路德之口)。

对路德来说,著名的"放心犯罪"言论,并不是鼓励人们去做罪恶的事,在这里引用显然也并非出于这个意义。在路德看来,好的行为虽然对救赎毫无用处,但必须遵循救赎的信仰,就像一种附带现象,这种信仰使灵魂与上帝密不可分,可以防止人们做出坏行为。他在1521年8月1日写给梅兰希顿的那封著名信件中提到了这个说法,他把他所有的苦行和神学的逻辑论证,以及他对灵魂的全部看法,都做了一个概括,我们就是这样来回忆它的。

这很正确。主要论点,即路德是个人主义的发起者,也是正确的。他把信仰和理性分开,把上帝和人分开。他受到教会纪律和权威精神的熏陶,并在整个德国制造出了专制国家至上主义的直接影响,因此他也成为政治民族主义的先驱之一。新教路德宗的最终发展并不完全像路德所预见的那样，也没完全得到他的认可。但马里坦认为，路德的精神仍然在现代世界发挥作用，而路德的影响仍在腐蚀着现代世界。无论我们是天主教徒、新教徒还是中立派，无论我们是否同意马里坦先生的观点，我们都必须承认，他在这篇简短而有力的文章中做出了真正的贡献，他呼吁人们注意路德对任何想要了解现代世界的人的极端重要性。他以简洁有力的方式阐述了这个问题。

关于笛卡儿的文章是最可放心推荐给普通读者的。在这篇文章中，不仅看不到宗派争论，还不涉及纯粹的哲学，但还有一个例子可以比较公正地说明马里坦先生的影响力。对笛卡儿来说，不存在私生活的问题，我们也不会因为赞许或厌恶他的性格而分心。我们关心的只有他的思想。笛卡儿的影响直到今天才开始得到充分认识，而他的哲学却受到了更严重的质疑。对不熟悉经院哲学世界的读者来说，马里坦先生的论点起初会有点陌生，但并非难以理解。正如作者所言，他的论点是：笛卡儿"按照天使思维的类型设想人类的思维"。由此便可对人类的思想（据笛卡儿认为）与天使的思想（据圣托马斯认为）进行比较。对那些认为天使不过是圣诞卡上的图片的读者来说，有必要说明一下，不管你是否相信天使的存在，马里坦先生对笛卡儿的看法都是同样站得住脚的。用更通俗的语言来说，笛卡儿既是唯物主义的鼻祖，也是绝对唯心主义的鼻祖；既是怀疑主义的鼻祖，也是非理性信仰的鼻祖；还是信仰与理性悖论的鼻祖。因此，笛卡儿的哲学带有重大异端的标志，因为所有重大异端都有两面性。马里坦先生的文章谈不上通俗易懂，而这一篇是三篇中最难、也是最重要的。从学术哲学家的一般观点看来，笛卡儿并不比其他几个哲学家更伟大。在狭义哲学上，他也许不如斯宾诺莎和莱布尼茨，而笛卡儿的影响似乎并不比洛克更重要。另一方面，笛卡儿表现出了后期经院哲学的痕迹，以及奥卡玛和唯名论者的痕迹。但是，从广义上讲，笛卡儿仍然是现代"异端"的伟大典型人物。不管中世纪的哲学家们有什么样的反常之处，这种反常都确实多。无论他们多么狭隘或无知，柏拉图和亚里士多德的希腊哲学仍然保持着对平衡智慧的影响，防止了人类思想偏向边缘极端。在笛卡儿简洁、清晰、有说服力的作品中,各种元素可以说是相互分离的,所以你只需要推进他的哲学的某个方面,就可以产生唯物主义和唯心主义、理性主义和盲目信仰的极端。笛卡儿代表了数学专家在哲学上的胜利。数学专家、生物学专家和解放了的神学家轮流统治了哲学思想两百年。

马里坦先生既是哲学家,也是(最好意义上的)思想普及者,他的文章值得一读,不仅因为它们深具价值,还因为它们表明了一种非常重要的当代思想潮流,这种思想潮流影响了包括技术形而上学者在内的很多人,以及许多罗马宗教团体之外的人。研究马里坦立场的未来,必须与其他不同的甚至是对立的、但对我们这个时代同样重要的观点联系起来,比如莫拉斯的政治哲学,白璧德的人文主义,以及已故的马克斯·舍勒的"哲学人类学"。我们承认更愿意看到译本有署名。这篇译文不仅没有注明译者姓名,而且,对完全不知情的人来说,它根本没有明确表明此文是一篇译文。

弗洛伊德的幻想

评西格蒙得·弗洛伊德所著《幻想的未来》(英译者W. D. 罗布森-斯科特)

这无疑是本季度最令人好奇、最妙趣横生的书之一,弗洛伊德博士简要总结了自己对宗教未来的看法。但对此,我们实在不能苟同。它与宗教的过去和现在没有什么关系,据我所知,也与宗教的未来没有关系。书中的内容精明却愚蠢。至于愚蠢,与其说表现在对历史的无知或对宗教态度的缺乏同情,不如说是表现在语言含糊不清和欠缺推理两个方面。这本书证明了这样一个事实,即实验科学上的天才不一定也在逻辑或概括能力上具有天赋。

在第1页,就能看到可以称之为弗洛伊德博士单

西格蒙得·弗洛伊德 |1856—1939

纯的迹象。

众所周知,人类文化向观察者呈现出两个方面。所谓的人类文化,我指的是人类生活超越动物状态、区别于野兽生活的所有方面,我不屑于把文化和文明分开。它一方面包括人类获得的一切知识和力量,用以控制自然的力量和从自然那里赢得资源以满足人类的需要,另一方面,它还包括一切必要的安排,用以调节人与人之间的关系,特别是可获得财富的分配。

这段话看起来很像一种定义,无论如何,这是我们所能得到的最接近"文化"的定义。奇怪的是,这个定义并不充分,甚至需要循环论证。我们被告知,人类文化是人类生活不同于野兽生活的"所有方面"。但是,要定义人类文化,首先必须问的是,人类与动物在哪些方面不同。人类文化"包含"了知识和力量,我们对"包含"意味着"平等"或可能意味着"取决于"感到怀疑。知识和力量从自然中赢得资源,以满足人类的需要。但在我们对文化有更多的了解之前，我们想知道的恰恰是人类的需要是什么。最后，人类文化再次"包括"了似乎意味着政治和经济组织的东西。这并不能帮到我们很多。如果这就是文化和文明的全部意义，那么文化和文明也就不算什么了。既然文化仅仅意味着社会组织，那么弗洛伊德博士的下一个评论，即捍卫文化对抗个人的必要性，则可谓相当正确。但这使他得出了这样一个观点，即文化和文明总是由少数人"强加"给多数人的。只有当我们继续把文化局限于维护法律和秩序时，这一点才可以理解，却并不完全正确。但是，读到下一页的一个想法，我们会觉得无能为力，非常困惑——"文化的本质在于征服自然，以维持生命的手段，并通过在人类中适当分配这些手段来消除威胁文化的危险……"

如果一个人真的认为文化的本质在于消除威胁文化的危险，那么他的推理能力一定出了很大的问题。读到这样的论述过程，我只能感到麻木。而且，第一章给人的印象是，真正有文化和文明的人是高效率的警察。弗洛伊德博士叹了口气说："也许有一定比例的人类……永远都不会合群"。"不合群"这个词也许有一些我无法理解的深层心理学含义,但在我看来,对我所说的文明,那些孤独的人或叛逆者也做出了一些贡献。

弗洛伊德博士令人困惑的文化概念不断出现。后来我们听到了这样的话:"文化的主要任务,及其存在的真正理由,是保护我们不受自然的侵害。"我们也没有被告知我们是什么,自然又是什么。然而,"保护人类不受自然的侵害"是"伟大的共同任务"。在弗洛伊德博士的脑海深处,一定有一个愤怒的自然女神的模糊人格化形象。我忽略了一些在我看来隐藏着真空的心理学术语,比如"人的超我",这是"一种特殊的心理功能",换句话说,是弗洛伊德博士的另一种超自然存在。主要的论点似乎是这样的:这种研究无关宗教教义作为真理的价值,但"从心理上考虑",它们是幻觉。这篇论文的第一部分如果有任何意义的话,一定意味着,弗洛伊德并不关心宗教观念的真理,也不关心宗教"对象"的真理。然而,我无法理解,如果不是纯粹的幻觉,它们怎么可能是"心理学"意义上的幻觉。心理真理和普遍真理之间的差别太过细微，我的理智无法理解。事实上，我不敢肯定，这是不是太细微了，即使对弗洛伊德本人来说也理解不了。在本书的其余部分，他继续把宗教当作一种普通意义上的幻觉，一种社会正在摆脱的幻觉。

但是，这里出现了另一种区别；在我看来，这似乎使问题更加模糊。

当我说它们（宗教观念）是幻觉时，我必须给这个词下个定义。错觉不等于错误，它确实不一定是错误。亚里士多德认为害虫是由粪便进化而来的，无知的人仍然坚持这种观点，而这是一个错误……称这些错误为错觉是不恰当的。另一方面，哥伦布认为他发现了一条通往印度的新航线，这是一种错觉。

我从来没有掌握过"仿佛"的哲学，在这里，我的天赋智慧发现自己完全困惑了。哥伦布认为西印度群岛就是东印度群岛，这当然是"错误的"。他认为自己找到了一条通往印度的新路线，这并没有错。然而，错误与真理结合在一起，并不会产生"错觉"。"错觉"的一个极好的例子似乎就在眼前：弗洛伊德认为自己定义了"错觉"这个词,当他说幻觉不等同于错误,实际上不一定是错误时,这就是一种错觉。西葫芦和南瓜不一样,实际上不一定是南瓜,但亚里士多德不会认为这是西葫芦的定义。弗洛伊德应该从给定义下定义开始。目前,错觉被认为是无法证明的东西。对于某些宗教教义(他没有说是哪一种),他说"我们可以把它们"比作错觉。但是,我们并没有被告知通过比较可以了解到什么,然后他说出了一些老生常谈,比如:

> 在我们的探索中,宇宙的谜题只是慢慢地显露出来,对于许多问题,科学还不能给出答案。但科学研究是我们了解外部现实的唯一途径。

他并没有告诉我们什么是科学,什么是宇宙之谜。然而最后弗洛伊德博士再次回应道:"科学并非幻觉。"梦幻世界的巫师就这样做着梦。我有一个印象,真正的科学领域,如数学物理领域的真正权威人士,往往对任何事情都不像弗洛伊德那么自信。但是，新贵科学的行家们急于证实他们的科学确实是一门科学，于是对整体"科学"提出了最夸张的主张，这也是自然而然的事。这本书很是奇怪。

歌德简介

评F. 梅利安·斯塔威尔和G. 洛斯·狄金森所著《歌德与浮士德:一种解读》

很遗憾,这些书中的第一本必须以十五先令的价格出售。我很清楚有多少人会买书,生产成本又是多少。在目前的情况下,没有出版商会以更低的价格发行这样的书。但两位作者均表示希望"在这个国家让更多的人对歌德及其作品产生兴趣,毕竟现在这个圈子仍然太窄"。而值得花时间去吸引的人,主要是年轻人和身无分文的人。我们只能寄希望于借阅图书馆能争购这本书,或者在美国掀起一股热情,这样出版商就能以较低的价格制作这本书了。两位作者既有学识又有热情,很了解自己所写的主题。他们写这本书

F. 梅利安·斯塔威尔 | 1869—1936

并不是敷衍了事,书中介绍了一项真正需要广为人知的研究。

这本书通过浮士德来介绍歌德,还将评论和翻译巧妙结合在一起,来介绍浮士德。翻译的水平很高,以至于起初我还很遗憾斯塔威尔小姐和狄金森先生没有出版两卷,一本收录他们的评注,另一本则是他们所说的自己写的《浮士德》完整译本。但看了一眼斯旺威克小姐的翻译,就那个时代(1850—1878年)而言,她的翻译非常出色,于是我确信他们的方法对他们的目的来说就是最好的。只有全心地致力于自我完善,才能让一个人穿过《浮士德》第二部分中一些沉闷的荒原,而只有唯美的诗句才能使之成为可能。第二部分有大量的内容谈不上上佳质量的翻译,但照样能让人满意。希望斯塔威尔和狄金森的译本总有一天能问世。但当它真的出现时,读者应该先把现在出版的第一卷重读一遍。

正如这本书的作者完全清楚的那样,歌德在维多利亚时代中期是人们狂热崇拜的对象,可如今已经湮灭无闻了。他应该再次受到尊敬,成为人们研

G. 洛斯·狄金森 |1862—1932

究的目标，这是非常可取的。但这不仅仅是一个重振声誉的问题。至少在英国和美国，这可以说是建立全新的声誉，这个过程很彻底，因此必须对评论意见进行修改。好传记有很多，但对于纯粹的文学批评，我估摸我们必须等到下一代才能深入了解。这并不完全是我们的错。人们对歌德失去兴趣，是不可避免的历史时刻，这关乎他成为流芳百世的伟大作家的原因。正如桑塔亚那先生在一篇文章中明确指出的那样，歌德是一位哲学诗人。这篇文章是我所知道的最接近新评论观点的。不幸的是，他的哲学是十九世纪流行的东西，因此，无论是通俗的还是低级的形式，我们对他的哲学都太熟悉了。爱、自然、上帝、人、科学、进步，这些后歌德时代版本的术语仍然流行，却在逐渐被取代。等到它们被取代了，我们将能够更清楚地看待歌德，因而更加钦佩他。

不了解歌德就无法了解十九世纪，这样的说法可能有些夸张。但是，如果我们连歌德都不了解，那就不可能了解那个世纪，这么说也确实成立。要理解十九世纪的许多思想,最好的方法也许是了解它们背后的故事,还要找最擅长表达这些思想的人,在这样的人身上,这些思想最新鲜、最热情洋溢。书中引用了下面这段话,而试图抓住段落中的原始精神则是一项有益的体验。

  自然!我们被自然包围,被她吞没……她永远在创造全新的形态。当下的存在以前从未出现过。曾经的存在再也不会再现。一切都是全新的,但仍然是旧有的……她的每一件作品都有自己的存在,每一种表现都是独特的概念,但它们都是一体的……每时每刻,她都在开启一场无休止的赛跑,每一刻她都在终点……她不会说话,不会讲任何语言,但她创造了心灵和声音,并通过它们去感受、去说话。爱是她的桂冠……

对我来说,这就像乡村布道一样,沉闷又糟糕。但它曾经有着丰富的意义,也将再度富含深意。不是所信仰的事物的意义，而是曾经被信仰的事物的意义。这样一个事实如今依然存在：歌德说过许多这样的话，比其他人说得都好，而且，他确实比任何人都更善于思考和感受它们。如果前面的一段话对我们来说是无稽之谈，那就读读《歌德谈话录》吧，其中蕴含着每一代人都必须尊重的智慧。如果认为可将歌德的诗歌与他的思想分离开来，那纯属是错觉。不认真对待他的思想，就理解不了他的感受。

斯塔威尔小姐和狄金森先生并没有尝试对歌德进行评论性的修改。他们的书旨在介绍——他们在这方面做得很好。在对浮士德的介绍方面，没有比这更好的了。我很欣赏他们试图恢复世人对歌德的兴趣，不是因为我喜欢他，而是因为我本来希望自己能这样做，但我做不到，我觉得这很不幸，是限制，也代表着偏见。我不喜欢《浮士德》的第二部分，在我看来，高潮简直令人扫兴。但即便不喜欢，你仍然会因为自己的不喜欢而受痛苦煎熬。这并不是因为这是一首享有盛誉的诗，也不是因为歌德在他所生活的两个世纪中是一位享有盛誉的诗人，而是因为人们无法逃避其中所蕴含的真正伟大的感受。

　　正如我在上面所说的那样,这本书的翻译实属上佳,确实让人感觉其中蕴含着独创性。

夏洛克·福尔摩斯和他的时代
评阿瑟·柯南·道尔爵士所著《福尔摩斯短篇小说集》

诺克斯神父在他对夏洛克·福尔摩斯的权威研究中对夏洛克·福尔摩斯作了最后的评述,但他不仅忽略了几个有趣的点,还犯了个严重的错误,他说鲁雷达比勒是鲍尔梅耶的私生子,但若要《黄色房间》和《黑衣女士》的情节合情合理,他必须是婚生子(他的父母正式结过婚。要是我没记错,他们是在俄亥俄州的辛辛那提结的婚)。他还说,一次完整的考试要用两个学期的课。如此看来,可能还有一些问题尚未探索。一个问题是:为什么这些故事与我们目前高标准的侦探小说相比有明显的缺陷,但重读起来却比《莱文沃思案》好得多?

阿瑟·柯南·道尔 | 1859—1930

我认为《莱文沃思案》是我读过的第一本侦探小说。那已经是将近三十年前的事了。我希望格兰茨出版社不要只是不加解释地重印，还要在前言中加上作者格林夫人的传记。她配得上这份荣誉。不错，除了《莱文沃思案》，她只写过一个故事，与《莱文沃思案》有一点相似，我已经忘记了那本书叫什么名字。但在十九世纪末，她大受欢迎可谓当之无愧，当时优秀的侦探小说还不像黑莓那么多。这本书现在读来依然趣味横生。但把它列入年度小说而不加解释，对作者来说是不公平的。比起作为一部侦探小说，它作为一部记录十九世纪八九十年代纽约情感品位的作品，要更加有趣。

我们现在到了这样一个时间点，在这个时间点上，可以比较有把握地把侦探小说中的永恒和短暂区分开来。我们有两部作品来做评判标准，分别是威尔基·柯林斯的《月亮宝石》和爱伦·坡的《玛丽·罗热疑案》。《艾德温·德鲁德之谜》也许可以作为第三个，但它和柯林斯的作品属于同一类型。这些故事至少和以前一样有趣。夏洛克·福尔摩斯几乎和他以前一样有趣,但是,明显的差别出现了:《莱文沃思案》已经逐渐褪色。为什么?

探案情节是一种特殊的情节。《玛丽·罗热疑案》堪称最纯粹的一部侦探小说,它不依赖于"人"的兴趣或对细节的兴趣。正如在《魔桶》中那样,克劳夫兹先生的成功之处在于他对探案兴趣的完全投入。他的角色足够真实,足以让故事说得通。如果他试图使他们更人性化和幽默,便很可能会毁了整个故事。在《魔桶》中,爱情的情节是一种假设,它不需要发展,也不会给作者带来压力。但是,作家可能会像柯林斯那样——这是他独特的优点——通过其他情节来加强探案的情节。柯林斯在戏剧和小说方面有着更为广泛的天赋。唯一不能做的就是把各种情节混淆在一起,比如唤起侦探的希望只是为了给人类提供满足感,反之亦然。正是在这一点上,格林夫人失败了。她并没有意识到,除非一个人能够创造出永恒存在的人类,否则他最好让自己的人物尽可能粗略。她在创造侦探小说的结构方面能力卓绝,但没有坚定的控制力。在她那个时代,也许公众所受教育程度还没有达到可以欣赏《魔桶》或《班森杀人事件》的程度。然而，与她同时代的福尔摩斯却坚持了下来。

两本书都"过时了"，但过时有两种方式。夏洛克·福尔摩斯总是让我们想起十九世纪伦敦令人愉快的表象。我相信，即使对那些不记得十九世纪的人，他也会继续如此，不过我想象不出如果没有这些古老的插图，第一次读到他的作品会是什么样子。真希望墨里出版社能再出一个配有那些古老插图的版本。我甚至都记不得插图画家的名字，但我记得那些双轮双座马车，古怪的圆顶礼帽，福尔摩斯的船形帽，福尔摩斯吃完早餐后穿上双排扣长礼服的样子，还有乔治·伯恩韦尔爵士"从墙上取下救生圈"的情景。但是在夏洛克·福尔摩斯的故事中，十九世纪晚期绝非仅仅透着愚蠢，还总是弥漫着浪漫的氛围，充满怀旧气息。

对评论家来说，能够把自己所写的东西与别的东西进行比较是很方便的。但我想不出有什么东西可以与夏洛克·福尔摩斯相提并论。他似乎既不是承袭自卡夫警探，也不是来自杜邦先生，和勒考克侦探几乎没有相似之处。另一方面，在他之后，与他相似的人物却有很多。莫里亚蒂教授[1]也是如此。据我所知，只有迈克罗夫特·福尔摩斯这个天才没有别人效仿。在亚森·罗平身上，甚至在莱佛士身上，我们都能看出罗宾汉的特征。但是福尔摩斯总是对他的家庭守口如瓶，事实上他根本就没有什么家人，也就无需守口如瓶。夏洛克·福尔摩斯的另一个奥秘，也许也是最大的奥秘是，每次我们谈到他，总是会觉得他确有其人。毕竟，对读者来说，柯林斯比卡夫警探更真实，爱伦·坡比杜邦先生更真实。但说到阿瑟·柯南·道尔爵士，这位我们在星期天的报纸上读到过的著名巫师，写过许多我们多年前读过却已经忘记了的激动人心的故事，他和福尔摩斯有什么关系呢？唯一的对比给这件事更增添了一层迷雾。想到山姆·韦勒，我们就会想到狄更斯，想到福斯塔夫或哈姆雷特，我们就会想到莎士比亚，但我们不会把柯南·道尔与狄更斯或莎士比亚相提并论。即使是福尔摩斯的现实也是一

---

[1] 福尔摩斯的死敌。——译者注

种现实。他从来不是无可挑剔的。他使用了最令人难以置信的伪装：在一部优秀的现代侦探小说中，比如弗里曼先生的小说，作者通过仔细解释伪装是如何完成的（即安吉丽娜·弗洛德），意识到有必要为伪装道歉。他本可以在伦敦避开莫里亚蒂，却非要去瑞士爬山，这是他的错误。最后两卷书显示了他精神上的衰退，他一直在重复自己，在《最后致意》中，他的水平下降到了和斗牛犬德拉蒙差不多。他在一个新角色身上重复使用了卡拉瑟斯这个名字，又给另一个出身卑微、名声不佳的外国绅士起名为卢卡斯。《狮鬃毛》和《魔鬼之足》不过是自然历史片段，没有资格成为侦探小说。然而，如果所有同时代的侦探小说作家都同时出版了新书，其中有一本是福尔摩斯最新探案集，那么我们一定会先看福尔摩斯的。

当然，问题在于描写戏剧冲突的能力，而不是纯粹描写探案的能力。但这是一种运用巧妙和专注的戏剧才能，不能分割。故事的内容可能很差，但结构几乎总是完美的。我们被戏剧性的准备工作弄得如此激动，于是也欣然接受了结论，即使在《红发会》

中，这个结论从一开始就很明显。(顺便问一下，在那个时代抢劫银行会被判死刑吗？不然，约翰·克莱被抓住的时候，为什么要大喊"我要被绞死了"呢？这似乎是诺克斯神父忽略了的一个小问题。当阿瑟尔尼·琼斯撕下克莱的同伙的燕尾服时，窃贼们穿的是什么衣服呢？）此外，必须指出的是，作者（因为我们必须不时提到阿瑟爵士）在抑制情感兴趣方面表现出了智慧或本能。他出过几次差错，例如，在《孤身骑车人》中有句话"我们可以把她从女人可能遭遇的最糟糕的命运中拯救出来"，此话一出，很可能把时间线推到故事写出来的五十年前，以及随后出现的"强迫婚姻"。在《第二块血迹》中（它的情节在《海军条约》之后、在《布鲁斯－帕廷顿计划》之前再次出现，滑稽的小侍从也强化了《蓝宝石奇案》的情节。顺便说一句，在最后一篇中，"内格里托·西尔维厄斯伯爵"这个名字配不上斯托克莫兰的罗伊洛特医生的发明者，正如这个人物配不上莫里亚蒂教授的发明者一样），现在我要重复一遍，在《第二块血迹》中，希尔达·特里劳妮·霍普夫人是个荒谬的人物。

这是我婚前写的一封信,太轻率,字里行间透着愚蠢,出自一个冲动而多情的姑娘之手。

这种信不适合出现在侦探小说中,尽管我们同情作者不得不小心翼翼地给出暗示。但总的说来,阿瑟爵士把感情控制在了适当的位置。这是一种多余的情感,并不适合侦探小说。

《莱文沃思案》充满了伤感情绪,而多愁善感使情节中的每一个技术缺陷都变得极为明显。

她坐在一把舒适的绣花缎面椅子上,之前一直斜倚在上面……我眼前是一个美丽无双的女人。白皙,甚至有些苍白,骄傲,纤细,看上去就像一朵百合花,裹在奶油色的厚浴衣里,而浴衣时而紧贴在她丰满的身材上,时而来回晃动。她那古希腊式的胸脯很丰满,一头淡金色的长发,她抬起头来,闪烁着力量……我惊讶地屏住了呼吸,实际上,在那一刻,我怀疑自己所看到的并非活人……

但这个昏昏欲睡的金发女郎只是玛丽。说到她的表妹埃莉诺……

> 说到这里,我无法形容。埃莉诺·莱文沃思必须由他人来描述。

马上就可以确定,玛丽和埃莉诺都不是杀害老莱文沃思先生的凶手。这中间存在着某种可怕的错误,在这本书大部分篇幅里,无辜者一直受劳累之苦。这样的女主人公不属于夏洛克·福尔摩斯时代,而是属于美国,而美国显然还很喜欢威尔基·柯林斯时代的理想女主人公。阿瑟爵士在他的故事里从来没有这样的描写。《莱文沃思案》是一部发生在过渡时期的侦探小说,有很多优点。据我所知,格林夫人是最早在地图和绘图(甚至先于福尔摩斯)上用 X 标记尸体位置的人之一。她还请了一位专家来判断某颗子弹是从什么样的手枪里射出来的。在那个时代,她是一位令人激动的作家。我相信,她深深地影响了美国侦探小说流派,而这与英国侦探小说流派截然不同。我似乎觉察到她对范达因先生也产生了影响。在她后来的故事中,她经常使用过于华丽复杂的结构。我记得有个故事叫《旋转楼梯》,讲的是有人被铅坠砸中而死,而铅坠是天花板装饰的一部分,由一根铁丝吊回原处。还有一个精心设计的密码藏在另一个荒谬的地方,铅坠就是由这个密码控制的。我想起最近发生在美国的一个故事,在这个故事中有一份文件,本可以很容易存在银行里安全保管,却被藏在了一张藏书票的后面。据我所知,范达因先生是最近美国最好的侦探小说作家,他就有这种坏习惯(比如《班森杀人事件》中钥匙的转动,以及《格林家杀人事件》中左轮手枪的处置)。

但每个作家都欠福尔摩斯的。每一个对小说中人物的现实有自己理论的小说评论家,都应该好好考虑一下福尔摩斯。他身上没有丰富的人性,没有人心深刻而狡猾的心理和知识。他显然有一个惯有的套路。他没有狄更斯、萨克雷、乔治·爱略特、梅瑞狄斯或哈代笔下伟大人物的真实感,也不像简·奥斯汀、勃朗特姐妹、弗吉尼亚·伍尔夫或詹姆斯·乔伊斯的笔下的人物。然而,正如我所说,他对我们来说就像福斯塔夫或威尔斯一样真实。他甚至不是一个很好的侦探。但我不敢肯定亚瑟·柯南·道尔爵士是不是他那个时代善于创造戏剧化情节的伟大作家。而法国以亚森·罗平(真希望可以详细地写写他)的名义,向他表示了敬意。法国对英国的赞美,还有什么能比这一幕更宏大的呢:福尔摩斯和罗平两个死对头并排躺在加来到多佛的邮轮的躺椅上,伦敦警务处长在甲板上走来走去,丝毫没有起疑。我并不想阻止大家阅读格林夫人的作品。对当前侦探小说的读者来说,《莱文沃思案》与自克罗夫特先生的《饥饿农场》以来出版的任何小说一样值得一读。没读过的人应该去看一看,那些像我一样多年前读过这本书的人,会想再读一遍。

帕斯卡的《思想录》

关于布莱瑟·帕斯卡以及为他带来声誉的两部作品，相关的话题似乎已经都说过了。他的生平细节已尽为人知，他在数学和物理上的发现也被多次论述，他的宗教情感和神学观点被屡屡探讨，而对他的散文风格，法国评论家也做过了分析。但帕斯卡属于每一代人都必定会重新研究的一类作家。改变的不是他，而是我们。不是我们对他的了解有所增加，而是我们的世界和我们对世界的看法发生了变化。就帕斯卡以及和他拥有同样地位的人而言，人们对他们的看法的发展形成了人类历史的一部分。这表明了他始终都具有重要地位。

帕斯卡 |1623—1662

本篇要介绍帕斯卡的《思想录》，就不得不提到他的一些生平事迹。帕斯卡于1623年出生在奥弗涅地区的克莱蒙。他的家庭属于有影响力的上层中产阶级。他的父亲是一名政府官员，死后给自己的儿子和两个女儿留下了丰厚的遗产。帕斯卡的父亲于1631年移居巴黎，几年后又前往鲁昂担任另一个政府职务。不管住在哪里，老帕斯卡似乎总能与一些社会名流，以及科学和艺术领域的杰出人士打成一片。布莱瑟完全是在家里接受父亲的教育。他非常早熟，实际上是过度早熟，他在儿童和青少年时期的勤奋损害了他的健康，使得他在39岁便英年早逝。关于他，尤其是关于他在数学方面的早熟，流传着一些令人惊奇却又并非不可信的故事。他擅长思考而非积累知识，从早年起就表现出独立研究问题的倾向，这也是麦克斯韦和其他科学家在幼年时期具有的特点。关于他后来在物理学上的发现已无需赘述。他是有史以来最伟大的物理学家和数学家之一，在他完成自己发现的年纪，大多数科学家尚处于学习阶段，我们只要记住这些便足矣。

他的父亲老帕斯卡名叫艾蒂安,是一位虔诚的基督徒,大约在1646年结识了教会内部宗教复兴运动的一些代表,该运动被称为詹森主义,以伊普尔主教詹森[1]的名字命名,其神学著作被认为是该运动的起源。这一阶段通常被称为帕斯卡的"第一次皈依"。然而,"皈依"这个词的分量太重,不适合用在这一时期的布莱瑟·帕斯卡身上。他的家庭一向虔诚,年轻的帕斯卡虽然专注于科学工作,但似乎从未受到不信教的困扰。当然,他的注意力后来转向了宗教和神学问题,但"皈依"这个词只能用在他的姐妹们身上——已经身为佩里埃夫人的姐姐和妹妹雅克利娜,尤其是后者,当时已有意投身宗教生活。帕斯卡本人并无意放弃尘世生活。在他们的父亲于1650年去世后,雅克利娜这位意志非凡、品性美好的年轻女子,希望到波尔-罗亚尔修道院当修女。但由于兄长的反

---

[1] 荷兰天主教神学家詹森(1585—1638),他强调原罪、恩典的必要和宿命论。他的著作《奥古斯丁传》成为詹森主义的主要神学著作。——译者注

对，她的愿望在一段时间内未能实现。帕斯卡之所以反对，完全是出于世俗方面的考虑。雅克利娜希望将父亲留给她的遗产捐给教团，而如果她和帕斯卡生活在一起，他们的财产加在一起就可以让帕斯卡过上更符合其品位的生活。事实上，他不仅喜欢与上流社会打交道，还喜欢养马和马车，他的马车曾经一度配有六匹马。虽然在法律上，他没有权力阻止妹妹按自己的意愿处置财产，但和蔼可亲的雅克利娜不愿在哥哥不同意的情况下这么做。修道院院长安热莉克本人就是这场宗教运动中的知名人士，她最终说服这位年轻的信徒加入修道会，并无需将遗产一并带来。但雅克利娜对此仍然感到非常苦恼，最终她的哥哥做出了让步。

据目前所知，帕斯卡在这一时期过的世俗生活很难被形容为"放纵"，当然更谈不上"放荡"。甚至他对赌博感兴趣也主要是因为能借机研究数学概率。他似乎过着任何一个有教养、有地位、经济独立的知识分子都会过的生活，并且自认为是正直和美德的典范。据说他曾经考虑过结婚，但没谈过恋爱。而以波尔-罗亚尔宗教团体为代表的詹森主义，在道德上属于教会内部的清教徒运动，其行为规范至少与英国和美国的清教主义一样严格。不过，在帕斯卡的一生中，这段上流社会的生活对他的发展至关重要，扩展了他对人的认知，提高了他的品位，他变得通晓人情世故，而且从未忘记自己从中所学到的东西。当他的思想完全转向宗教时，世俗知识成了他文章的一部分，这在他的作品中具有至关重要的价值。

帕斯卡对社交的兴趣并没有分散他对科学研究的注意力，而且这段生活在他短暂而丰富的一生中也没有占据太多时间。部分原因是，一旦他从这种生活中学到了所能学到的一切，他的天性就不再感到满足；部分原因是，他受到妹妹——虔诚的雅克利娜的影响；还有部分原因是健康状况的恶化增加了他的痛苦，使他越来越远离世俗，陷入了永恒的思考当中。于是在1654年，他的身上发生了所谓的"第二次皈依"，我们不妨简单地称其为他的皈依。

他记下了自己的神秘体验，并将其一直带在身边，在他死后人们才发现这段笔记被缝在了他所穿的外套里。这次经历发生在 1654 年 11 月 23 日，我们没有理由怀疑它的真实性，除非我们想要否定所有的神秘体验。此时的帕斯卡不是神秘主义者，他的作品也不能被划归到神秘主义著作的范畴，但许多非神秘主义者都有过这种只能被称为神秘体验的经历。在这次体验后不久，帕斯卡就开始写《致外省人信札》，这是一部与神秘主义截然相反的宗教辩论杰作。有一点很清楚，他在接受上帝启示时健康状况极差，但众所周知的是，某些形式的疾病不仅对宗教启蒙，而且对艺术和文学创作都极为有利。一篇思考了几个月甚至几年，却似乎毫无进展的文章可能会在突然之间成形，而且在这种状态下，作家可能会写出大段的文字，并且只需很少或者完全不需要润色。对于把无意识写作当成文学创作模式来进行培养，我并不赞成。我怀疑作家能够酝酿出这样的状态。而且，有过这种状态的人一定有一种感觉，那就是他是工具，而非创造者，没有哪部杰作可以完全通过这种方式产生。即使是最高形式的宗教灵感也无法满足宗教生活，哪怕是最超凡脱俗的神秘主义者也必须回到现实世界，通过理性将这种体验运用到日常生活中。你可以将其称为与神性的交流，也可以称之为心灵的暂时结晶。除非科学能够教会我们随心所欲地再现这些现象，否则科学便不能声称可以对其进行解释，而且这些现象只能通过结果来加以判定。

从那时起直到去世，帕斯卡都与波尔-罗亚尔宗教团体保持着密切的联系，先他去世的妹妹雅克利娜之前已加入该团体，成为一名修女。当时，这个团体正在与耶稣会士作殊死抗争。詹森著作中提出的五点主张，被罗马的一个红衣主教和神学家委员会认定为异端邪说。作为宗教团体中詹森主义的代表，波尔-罗亚尔修道院遭到了严重的打击，从此一蹶不振。在此我并不打算回顾这场激烈的争论和冲突。从一个不偏袒任何一方，既不是詹森主义也不是耶稣会士，既不是基督徒也不是异教徒的天才批评家的角度来看，最好的说明就在圣伯夫的杰作《波尔罗亚尔》中。在这本书中，献给帕斯卡本人的部分是圣伯夫有史以来写过最精彩的评论之一。我们只消注意到帕斯卡皈依后做的第一件事就是写了这十八封信就够了。作为散文，这些信件对于法国古典主义风格的奠基具有极其重要的意义，而作为论战，则没有哪篇文章能够超越它，不管是德摩斯梯尼、西塞罗，还是斯威夫特的作品，都不能做到。这些信件具有所有慷慨陈词和公开辩论的缺点，它们语重心长、循循善诱、厚此薄彼。但如果说帕斯卡在这些《致外省人信札》中攻击了耶稣会本身，同样失之偏颇。确切地说，他攻击的是某个特殊的诡辩学派，这个学派放松了对忏悔的要求。毫无疑问，这个学派在当时的耶稣会中非常盛行，西班牙人埃斯科瓦尔和莫利纳是其中最著名的两个权威。可以肯定的是，帕斯卡过度地运用了引用手法，就像辩论作家惯好做的那样。但是对方也的确存在一些可供诟病的弊端，所以他淋漓尽致地进行了批判。他的《信札》不能被称为神学。学术神学并不是帕斯卡精通的领域，必要时波尔-罗亚尔的神父们会向他施以援手。《信札》出自有史以来最优秀的数学家之一，是一个通晓世故的人的手笔，不是写给神学家，而是写给全世界，写给所有有教养和许多不那么有教养的法国俗人，它在这些公众面前获得了惊人的成功。

在此期间,帕斯卡并未完全放弃对科学的兴趣。虽然他的宗教著作写得缓慢而痛苦,而且还要经常修改,但在数学问题上,他的头脑似乎天生能够以一种完全轻松和优雅的方式运转,可以不费吹灰之力地涌现出各种发现和发明。据说他晚期的一些小的设计为巴黎第一辆公共汽车的诞生提供了创意。然而,迅速恶化的健康状况和对自己心目中伟大作品的专注使他在生命的最后两年里,没有多少时间和精力可用于科学研究。

我们所说的《思想录》,构思于 1660 年前后,如果完成的话将是为基督教所精心构建的一次答辩,一部真正的《辩护》,也是某种形式的《信仰的逻辑》,里面提出了令知识分子信服的理由。正如我前面所说,帕斯卡不是一个神学家,在教义神学上要依赖于他的宗教顾问。他也不是一个系统的哲学家,他是一个在科学方面有着巨大天赋的人,同时也是一个天生的心理学家和道德学家。而作为一个伟大的文学艺术家,他写的书可以被看作他的心灵自传。他的文笔没有任何令人不屑的地方，且极具个人色彩。最重要的是，他充满激情，除非我们能够找到一种精神上的解释，否则可以说他对人类生活的强烈不满使他对真理的求知欲变得愈发强烈。

我们只能把《思想录》看作他远未完成的作品的初始笔记。用圣伯夫的话来说，我们有一座垒起了石头，却还没有浇筑水泥，整体结构还未完工的高塔。帕斯卡早年记忆力惊人，可以记住他想记住的任何东西。如果不是因为病痛加重损害了他的记忆力，他可能根本就不需要记下这些笔记。不过，就现在留给我们的这本书而言，我们会发现它在法国文学史和宗教冥想史上仍然占有无与伦比的地位。

为了理解帕斯卡采用的方法，读者必须做好准备跟上有悟性的信徒的思维过程。基督教的思想者——我指的是那些试图有意识地、一丝不苟地向自己解释如何才能一步步达到信仰最高境界的人，而非那些公开的辩护者——是通过否定和排除来前进的。他们发现世界是如此这般的——任何非宗教理论都无法解释其性质。在所有宗教中，他们发现基督教和天主教对世界,尤其是对道德世界的解释最令人满意。于是,正如纽曼所说,因为"强大且并存"的理由,他们发现自己坚定不移地决心信奉上帝的化身——耶稣的教条。对没有信仰的人来说,这种方法似乎有些虚伪和有悖常理,因为通常,他们不会那么费心地向自己解释世界,不会因为世界的混乱而感到无比痛苦,一般也不会关心(用现代术语来说)如何"维护价值观"。他们并不认为,如果某些情感状态、性格的某些发展,以及在最高意义上可以被称为"圣洁"的东西是天生的,并且经检验是好的,那么令人满意的对世界的解释必须承认这些价值观的"真实性"。他们也不会认为这样的推理是可以接受的,可以说,他们会量体裁衣式地修剪自己的价值观,因为对他们来说,这些价值观并没有太大价值。没有信仰的人会从另一个方向,而且很可能会从这样的一个问题开始:人类单性生殖是可信的吗?他们把这称为直指问题的核心。总体而言,帕斯卡的方法对基督徒来说既自然又正确,而与之相反的则是伏尔泰的方法。值得记住的一点是,在试图推翻帕斯卡的观点时,伏尔泰做出的反驳是这一类反驳中的绝对典范。而后来反对帕斯卡的《为基督教信仰辩护》的人们，除了心理上的一些旁枝末节的问题以外，贡献甚微。因为伏尔泰比他后来的任何人都更好地论述了不信神的观点。最后，我们必须自己在两种观点之间做出选择。

我前面说过，帕斯卡的方法"总体上"是典型的基督教辩护者的方法。我有所保留是因为帕斯卡对神迹的笃信，对他理解基督教，至少与现代自由主义的天主教信徒相比，起了更大的作用。我们接受基督教，如果是因为我们首先相信福音中的奇迹是真的，那似乎很荒唐，而如果主要是因为我们相信距离我们较近的一些神迹是真的，又似乎不够虔诚。我们相信神迹，或者说某些神迹，是因为我们相信耶稣基督的福音，我们因为福音而信仰神迹，并非因为神迹才相信福音。不过，有一点我们要记住，当时的一个神迹给帕斯卡留下了深刻的印象，这个神迹被称为"荆棘奇迹"。人们把一根据说是从我主荆棘王冠上保留下来的荆棘放在了一处溃疡上，溃疡很快就愈合了。圣伯夫作为一名医生，认为自己有充分的依据，对这个显而易见的神迹的可能性做了详尽的论述。这个神迹的确发生在波尔-罗亚尔,而且恰逢其时,使当时陷于政治困境中而萎靡不振的教团重振士气。而且帕斯卡很可能更倾向于相信发生在他亲爱的妹妹身上的奇迹。无论如何,这很可能使他在研究信仰的过程中为神迹留出了一席之地,而我们自己并不太适合这样做。

帕斯卡自从与波尔-罗亚尔的德·萨西先生第一次交谈以来,便把蒙田视为自己最大的对手。没有人能打败帕斯卡,这是毫无疑问的,但蒙田也是所有作家中最不容易被摧毁的一个。这就好比你在用手榴弹驱散烟雾,因为蒙田就像一团雾,一种气体,一种变幻莫测、阴险狡诈的因子。他不给你讲道理,他会含沙射影、施展魅力、左右他人,而如果他要讲道理,你要预防他有其他的打算,而非用论据来说服你。如果我们能够理解法国过去三百年的思想历程,那么说蒙田是我们应当认识的最重要的作家也不为过。从各个方面来讲,波尔-罗亚尔的人们对蒙田的影响深感厌烦。帕斯卡之所以研究他是为了驳倒他。然而,在

《思想录》中,在他生命的最后时刻,我们发现一段又一段的文字,乃至一种修辞或者一个词,几乎都是从蒙田那里"搬运"来的,痕迹越不明显就越让人感到意味深长。这些相似的特征大多可以在蒙田的长文《为雷蒙·塞蓬德辩护》中看到,这是一篇令人惊叹的作品,莎士比亚在《哈姆雷特》中可能也借鉴了这篇文章。事实上,当一个人对蒙田了解到可以向他发起攻击时,可能已经完全受到了他的影响。

然而,如果仅停留在这一点上,那对帕斯卡、蒙田,甚至对法国文学都是极不公平的。这并不是对帕斯卡的贬低,而是对蒙田的赞誉。如果蒙田只是一个普通的怀疑论者,一个像阿纳托尔·法朗士那样的小人物,或者是像勒南那样的大人物,甚或是像伏尔泰那样伟大的怀疑论者,这种"影响"都会使帕斯卡名誉扫地。不过,如果蒙田和伏尔泰并无二致,那他根本不会影响到帕斯卡。最初呈现在我们眼前的,具有不同寻常、独立自主而又绝无仅有的"人格",专注于对自己的有趣分析中的蒙田的形象,是具有欺骗性的。蒙田不是像伏尔泰、勒南或者法朗士那样的浮于表面的皮浪主义者。可以说,他存在于一个由多个同心圆组成的平面图中,其中最明显的是最里面的小圆,那是一种个人恶作剧式的怀疑主义,即便不容易模仿,也很容易学个样子。但蒙田之所以伟大正是因为他成功了,只有上帝知道他是怎么成功地表达出了每个人类都有的怀疑,因为蒙田很可能不知道自己做到了这一点——这不是人们可以在自己身上觉察到的事情,因其本质上比个人意识更加重大。每个靠思想来思考和生活的人都必然有自己的怀疑主义,有的停留在某些问题上,有的以否定告终,有的则通往信仰,以某种方式融入超越它的信仰之中。而帕斯卡这一类宗教信徒具有高度的热情和虔诚,但那是凭借强大而克制的智力才会产生的热情,他在自己未完成的《为基督教信仰辩护》的第一部分中,面对与信仰精神密不可分的怀疑的魔鬼做出了坚定的对抗。

因此,与帕斯卡受到的可以证明其软弱的影响相比,他的作品中有一些完全不同的东西。他的怀疑和蒙田的怀疑之间有一种真正的密切联系。由于和蒙田的共同联系,帕斯卡和自拉罗什富科以来的崇高和杰出的法国道德家们站到了一起。他们诚实地面对现实世界的信息——这种法国传统在欧洲文学中独树一帜，相比之下，十七世纪的霍布斯就显得有些粗糙了。

帕斯卡是苦行者中的世人，也是世人中的苦行者。他熟谙人情世故，却又怀有禁欲主义的激情，两者在他身上融为一体。大多数人懒惰、没有好奇心，沉溺于虚荣之中且毫无热情，因此他们既没有多少怀疑，也没有多少信仰。当普通人声称自己为怀疑论者或没有信仰时，通常只是为了摆出一种姿态，以掩饰自己不愿对任何事情进行思考直至得出结论。帕斯卡对人性枷锁所做的幻灭式的分析有时会让人们认为，他实际上归根到底是一个无信仰者，充满绝望，既无法忍受现实，也不能像什么都不崇拜的自由人那样享受英雄般的满足感。然而，他的绝望和幻灭并不是个人软弱的表现，而是完全客观的，是理性灵魂进步的关键时刻。对帕斯卡这类人来说，这些感受就相当于干旱和黑夜，是基督教神秘主义者进步过程中的关键阶段。如果类似绝望发生在有着病态的性格或者不洁的灵魂的人身上，可能会产生灾难性的后果，尽管其表现得非常出色，如《格列佛游记》。但在帕斯卡身上，我们看不到这样的扭曲，尽管他的绝望更甚于斯威夫特，因为我们的内心告诉我们他的绝望完全符合事实，从而不能被视作精神疾病而予以无视。但这种绝望同时也是获得信仰喜悦的必要前奏和要素。

在詹森主义的异端问题上，我不想做任何不必要的说明。詹森在他的《奥古斯丁传》一书中是否提出了受到罗马谴责的五点主张，以及对于由此导致的波尔-罗亚尔的衰落（实际上还有迫害）我们应该谴责还是支持，都与本文无关。在讨论这件事时，无论支持还是反对罗马，都不可能不成为一个有争议的人。但像帕斯卡这样的人——这样的人始终存在，我认为他们身上有一种元素，可以被称为詹森气质，但又有别于詹森和其他虔诚、诚挚却不那么有天赋的医生等人的詹森主义。因此，有必要对詹森的危险学说做一些简要的介绍，但没必要过分深入神学的细枝末节。人们在基督教神学中认识到——事实上所有处理日常生活事务的人在较低层面也都意识到，自由意志或者个人天生的努力和能力，以及超自然的恩典——一种我们不太清楚如何被授予的恩赐，两者结合起来才能获得救赎。尽管许多神学家已经在这个问题上贡献了自己的智慧，但最终它还是一个我们只能感知却无法最终破解的谜团。不过至少显而易见的是，像任何教义一样，稍微过分或者偏向任何一边就会成为异端邪说。曾被奥古斯丁驳斥的贝拉基主义强调人类努力的功效，而轻视了超自然恩典的重要性。而加尔文主义则强调原罪使人堕落，认为人类如此沦丧，意志已毫无用处，从而陷入了宿命论中。詹森主义者所依赖的是圣奥古斯丁的恩典学说，詹森的《奥古斯丁传》全面地阐述了奥古斯丁的观点。

异端邪说永远不会过时，它们总会以新的形式出现。例如，多方面宣扬的对善行和"服务"的坚持，还有认为任何过着美好、有益生活的人都不需要对救赎抱有"病态"焦虑的简单信念，都是某种形式的贝拉基主义。另外，人们有时又会听到这样一种观点：如果所有传统宗教对道德行为的制裁都被取消，那也没有什么关系，因为那些天生善良的人总是愿意待人友善，而那些生来不那么善良的人在任何情况下都会与之相反。这种观点无疑是一种宿命论，因为生来是一个好人的机会就像恩典的赐予一样不确定。

很可能，对于詹森主义在波尔-罗亚尔的生活中所产生的成果和教义本身，帕斯卡都同样感兴趣。这个虔诚、禁欲和纯粹的教团在一个懈怠、随意的基督教会内进行着英勇的抗争，这种形象吸引了像帕斯卡这样专注、热情和纯粹的天性。但是，对于詹森主义中所强调的人类堕落和无助的状态，我们也应当心怀感激，因为这本书前面部分对人类动机和活动所做的精彩分析正是得益于此。除了被一位不太知名的主教用拉丁语写进一篇论文（如今已无人问津）的詹森主义以外，可以说还有一种属于个人经历的詹森主义。詹森主义的时刻可能自然而然发生在个人身上，而且理应如此，它尤其会出现在一个智力超群的人的生活中，他无法避免看穿人类，观察他们充满虚荣的思想和爱好，他们的不诚实和自我欺骗，他们虚伪的情感、懦弱和微不足道的抱负。事实上，考虑到帕斯卡死时只有三十九岁，人们一定会对他评论中的平衡性和公正性感到惊讶。比起任何数学或科学的伟大成就,这些品质需要一个人更加成熟。他所写的《没有上帝的人是可悲的》是多么容易使他犯下精神骄傲的罪过,而他在《精神的贪欲》中又是多么坚定地保持着谦卑!

尽管帕斯卡将他研究科学的能力运用到了写作中,但他并没有以一个科学家的身份来展示自己。他没有告诉读者,说:我是当今最杰出的科学家之一,我知道的许多事情对你们来说永远是谜,通过科学我找到了信仰,因此,如果我有信仰,你们这些没有接触过科学的人也应该有信仰。他充分意识到了题材的不同,他对几何学精神和敏感性精神所做的著名的区分值得人深思。

其一,这些原则显而易见,但脱离了日常应用,因此,由于习惯原因,我们很难将思路调整到这个方向。但一旦调整过来,我们就会完全明白其中的原理。这些原则如此明显,想要忽视是几乎不可能的。除非大脑完全错乱的人才会对它们做出错误的理解。

但敏感性精神,其原则被普遍运用,呈现于人人眼前。人们只需要观察，不必费力，问题就在于要有好的眼力，因为这些原则如此微妙，如此繁多，所以尽管几乎不可能，但有些原则还是会被忽略，而遗漏掉一个原则就会导致一个错误。因此，一个人必须有非常清晰的视野才能注意到所有的原则，而且只有大脑清醒才不会从已知的原则中得出错误的推论。

正是科学家的身份、诚实的性格，以及对上帝热情渴望的宗教本性，这三者完美的结合才使得帕斯卡成为独一无二的人。他在笛卡儿失败的地方取得了成功，因为笛卡儿身上有太多的几何精神元素。帕斯卡在这本书中提到了笛卡儿，指出了他的弱点。

> 我不能原谅笛卡儿。在他所有哲学思想中，他都乐于摒弃上帝。但是他不得不让上帝弹一下手指，好让世界运转起来。此外，他不再需要上帝。

读这本书的人马上就会注意到它的碎片性，但只有经过一些研究后才会发现，这种碎片性更多地存在于他的表达而非思想中。"思想"是无法分割的，不能像每个思想本身是完整的那样被引用。"心灵自有理性所不知晓的理由"，这句话被引用得多么频繁，而且往往被用在了错误的地方！因为这绝不是将"心灵"抬到了比"头脑"更高的位置，也不是对非理性的辩护。用帕斯卡的话来讲，如果心灵是真实的心灵，那么它本身就是真正的理性。他认为神学问题比科学问题更加宏大、困难和重要，因此对他来说，这需要他投入全部的身心。

如果对整体缺乏一定的了解，就无法完全理解任何碎片化的部分。例如，摆在第一位的是他对三种秩序的分析：自然秩序、心灵秩序和仁爱秩序。这三种秩序是不连续的，与进化学说中的规律不同，高阶秩序并不隐含在低阶秩序中。鉴于这个区别，帕斯卡提供了许多值得现代世界好好思考的问题。事实上，由于各种品质在他身上达到了绝无仅有的融合和平衡，因此，我知道没有哪个宗教作家比他更适合我们的时代。伟大的神秘主义者，如圣十字约翰，主要是面向那些目标特别坚定的读者。虔诚的作家，如圣弗朗索瓦·德·萨勒,主要是面向那些已经意识到自己渴望上帝之爱的人。而伟大的神学家是为那些对神学感兴趣的人准备的。但我想不出除帕斯卡以外任何一个基督教作家,哪怕是纽曼,会更适合这样的一些人:他们有所怀疑,也有头脑去想象,有感受力去感受生命和痛苦的混乱、徒劳、无意义,以及神秘,只有全身心的满足才能获得安宁。

诗歌是由文字构成的

评雅克·马里坦和蕾莎·马里坦合著的《诗歌的境况》

对诗人而言,最具危险性的两个研究领域是美学和心理学,而我认为,对诗人来说,这甚至是唯二永远具有危险性的领域。诗人是否能够对其他抽象和哲学研究产生兴趣,这是一个问题。有许多明显的例子表明,这些养料可以被很好地利用。然而,将抽象研究转化为自身艺术实践则是完全不同的问题。美学之所以具有危险性在于它可能使我们意识到那些在无意识中运作得更好的事物。心理学也存在相同的风险,当我们关注创造性人格时,这种风险尤其严重。根据弗洛伊德公式塑造的人物具有合成替代品的所有缺陷:我们可以预测其行为,所以它们显得无聊至极,

蕾莎·马里坦 |1883—1960

并且总是无法令人信服，通常也显得无比虚假。戏剧和散文小说中的伟大人物本身可能为心理学家提供研究材料，但一开始没有心理学家的抽象概念，就无法塑造出任何人物。剧作家研究的不是心理学，而是人类。对于他观察、剖析和综合的造物，他必须从自己身上添加一些他可能没有完全意识到的东西。

我一直在研读雅克·马里坦和蕾莎·马里坦合著的《诗歌的境况》，尤其关注了雅克·马里坦所撰写的《诗歌的认知》。与作者其他作品一样，该书既清晰又深刻（虽然他的哲学思想令人惊叹，但我不能确定雅克·马里坦能否始终如一地创作出色的作品）。我极力推荐这本书给所有对阅读诗歌感兴趣，却不愿意亲自创作诗歌的读者（尽管可能人数有限）。如果有诗人看到了我的评论，我并不反对，但我建议他们不要阅读此书，因为它牵涉到一些与他们无关的事情。

马里坦区分出了两类诗人：工匠型，主要关注形式；探索型，主要从事意识探索。

> *[A]ux époques comme la nôtre il y a une famille de poètes attachés davantage (je dis davantage, je ne dis pas exclusivement) à la découverte intérieure de soi-même et au mouvement de prise de conscience de la poésie...Et il y a une autre famille de poètes attachés davantage à continuer l'action poétique elle-même et cette effusion de la voix dont parle David et qui se poursuit d'âge en âge...*[1]

他所关注的是第一类诗人，尤其以兰波为榜样（需要强调，他主要关注现代法国诗歌）。我必须补充一点，他对那些努力超越精神边界的诗人所面临的风险非常关切。

我不愿就马里坦对现代法国诗歌状况的分析展开争论，然而它给予了我有关诗人创作方式的启示，

---

1 《诗歌的境况》，第80—81页。意为：在我们这样的时代，有一类诗人更加专注于对自身内在发现和不断增强诗歌意识的趋势，而另一类诗人则更加致力于延续并传承大卫所提到的语言流，以及进行持续的诗歌创作活动。——原书注

而非特定环境下诗人创作方式的考量。在我看来，为了避免诗歌沦为形式上无生气的重复，诗人必须持续地探索"精神前沿"。然而这并非像地理探险家一次性征服并定居下来那样。精神前沿更类似于丛林，在没有持续加以控制之时随时准备侵占并最终毁灭耕地。我们所做出的努力，旨在以不同条件下重新掌握远古时代和异国语言写作者所知晓之事。要实现这一目标，仅仅通过更新布景并用现代生活家具取代旧时的家具是不够的。尽管必须记住内在和外在之间没有明显的界限，但这种家具对于情感的特殊性至关重要。因此，在一个地方体验到的戏剧场景、现代服装和现代言语与其他时间和地点类似场景所产生的情感质量有所不同。然而，情感本身却不断消逝，它们永远无法被保存下来，必须持续地重新发掘。诗人的职责在于在历经外部和内部变革的历史中进行无休止的奋斗，以重获文明为目标，就像征服全新事物一样。时间推移，万物渐变，因此需要不断改写历史，而诗人也需要对过去保持警觉意识，以便在特殊的具体现实中实现他所生活的时刻。

然而,对于过分关注意识发现这一现象,马里坦反而认为是许多现代法国诗歌的特点。就我个人而言,这表明缺乏平衡使得此类诗歌失去了跻身一流的资格。我希望能够做出马里坦所未做出的区分:诗人在写作时,与其不从事写诗时,可能产生兴趣之间的差异。一个诗人只对写诗感兴趣,且仅为了给自己提供可供创作的素材而生活、体验和运用思维,这种情况非常糟糕。同样地,一个诗人只对"内心自我发现"感兴趣,却完全不从事创造性工作也是如此。当然,在创作过程中,在构思、安排细节的过程中,诗人只能恰当地专注于如何表达,必须对作品本身有足够的兴趣,即便读者认为诗歌的意义与其个人理解不同,也会感到满足。他最关心的问题是如何运用自己的语言进行创作。这是每一代人都面临的新问题,起因是大家使用的都是在各自时代中流行的语言。

显然,语言的演变是由多种因素共同影响而来的,而当代诗歌只是其中之一。或许在我们这个时代,诗歌的影响已经相对较弱。即使语言发生退化,诗人也必须从自身所处的环境出发，而不是从他认为语言曾经的卓越之处开始思考。我们倾向于将其他时代最佳作品与我们这个时代最差作品进行比较。认为所有变化，尤其是英语方面的变化都朝着负面方向发展，这是一个错误的观念。同样地，假设最糟糕的堕落始于底层领域如电影院或小报图片，亦为误解：当我阅读到报纸上关于谋杀案件的报道时，并没有像我第一次阅读《泰晤士报》社论时那样对英语的衰败感到担忧。当我们意识到语言位于巅峰时，我们需要关注其衰退的趋势。在学校增加英语学习并将其作为大学授予学位的科目制度，似乎无法完全阻止这一趋势。无论从何处着手，教育问题最终都会出现。然而，我最担心的是在语言的未来中，看到诗人整体文化水准的下降，因为语言的未来代表了情感的未来，如果我们不再试图找到适当的词汇，也将失去感知的能力。诗人首要关注语言，对于语言的深入研究、激情和持之以恒的奉献是必不可少的。这要求诗人探索自己所使用的语言在过去是如何被塑造成散文或者诗歌的形式，并且对当代口语和写作方式中的优缺点保持敏感。尽管马里坦先生提出了一些问题,但他可能忽略了这些因素。然而,对其他读者来说,这本书也许值得推荐。

II 关于作家的思考

亨利·詹姆斯 |1843—1916

纪念亨利·詹姆斯

亨利·詹姆斯早已仙逝。他生前的作品并没有给英国文学潮流带去多大的改变。在人们的印象中,詹姆斯很可能非常聪明,而他的好奇心却微不足道。英国文学的潮流无关紧要,很少有人会读詹姆斯的书,这也无关紧要。詹姆斯的"影响"同样不重要。受一个作家的影响,无外乎就是偶然从他那里获得灵感,得到自己想要的东西,或是看到自己会忽略的方面。总会有一些聪明人理解詹姆斯,而被少数聪明人理解,就是一个人所需要的全部影响力。最不重要的,便是他在切斯特顿先生的《维多利亚文学史》上所处的位置,而这样的文学史就跟伦敦市长的就职游行差不多。要指出的是，詹姆斯的重要性与在他之前发生的事或他之后可能发生的事并无关系，他的重要性在大西洋两岸都被忽视。

  我不认为在美国以外有人能恰当地欣赏詹姆斯。詹姆斯小说中最好的美国人物，尽管他们轮廓清晰，对他们的描写也很简洁，但却有丰满的存在感和外在关系影响，而这是欧洲读者可能不会轻易怀疑的。贝勒加德家族便是一个例子，对他们的描写，不过是出自一个聪明的外国人之手，虽然不错，却很粗略。到了故事的后半部分，读者希望能看到更多关于他们的篇幅，而他们却只是陷入了夸张的暴力中。从表面来看，对汤姆·崔斯特拉姆这个人物的描写更为简单。欧洲人对他这样的人很熟悉，他们见过他，认识他，甚至会让他这样的人进入西方俱乐部，但没有哪个欧洲人的性格与汤姆·崔斯特拉姆有相似之处。从崔斯特拉姆第一次参观卢浮宫，到他最后说巴黎是唯一一个白人可以居住的地方，欧洲人身上都不具有他的元素。一个美国人要做到尽善尽美，最终要做的不是成为英国人，而是要成为欧洲人，而任何天生的欧洲人，任何具有欧洲国籍的人都不可能成为这样的人。在这个过程中，崔斯特拉姆是一个失败者，是秉性造成的不幸。甚至连帕卡德将军、C.P.哈奇和凯蒂·厄普约翰小姐都有克莱尔·德·辛特罗所没有的真实感。当然，诺薇米是完美的，但诺薇米是一双智慧的眼睛观察所得的结果。她的存在是智慧的胜利，并没有超越现实的框架。

对英国读者来说，詹姆斯对美国的许多批评肯定会被视为理所当然。英国读者可以欣赏它，因为它与别人的批评有共同之处，比如法国的福楼拜和俄国的屠格涅夫。然而，对英国人来说，它的重要性应该超越这些作家的作品。英国没有与詹姆斯相对应的作家，但好在他是用英语这种语言来写作的。作为一个评论家，我们的语言中没有一个小说家能比得上詹姆斯，读者中甚至没有多少人知道"评论家"这个词是什么意思（通常对评论家的定义是"创作"不出作品的作家，也就是书评家）。詹姆斯显然谈不上是成功的文学评论家。他对书籍和作家的评论毫无见地。在写小说家的时候，他偶尔会根据自己的经验而不是对主题的判断写出有价值的句子。至于其余的，无外乎是动人的谈话，以及温和的赞扬。即使是处理那些在人们看来他本可以逐一拆解关节的作家，比如爱默生或诺顿，他的手法也没有定数。其中存在着想要表现慷慨的愿望、政治动机，以及承认（在与美国作家打交道时）在这种情况下，这是最好的，或者说具有很好的品质。他父亲在这方面比他更有热情。亨利做不了文学评论家。

他是一个不以思想为猎物的评论家，他的目标是活生生的人。这种评论在很高的意义上具有创造性。他笔下最优秀的角色在创造性方面都堪称成功，黛西·米勒的弟弟就是其中之一。在干净的平面绘图中完成，每一个人物都描绘得清晰直接，从他们各自的现实中提取出来，足够饱满。对每个人物而言，书中所做的描述都是真实的。但任何描述，都是凭借精湛的技艺在总体布局中选择合适的位置。总体布局不是一个人物，也不是一个情节中的一组人物，或者仅仅是一群人。重点是一种情境，一种关系，一种氛围，角色称颂它们，但只允许传递作者的所思所想。在詹姆斯的所有故事中，真正的英雄都是一个社会实体，男人和女人都是该实体的组成部分。在《欧洲人》中，温特沃斯家族包含了一群特别的人，在这种情况下，几个令人难忘的场景不受时间影响，必然是连续发生的。在这方面，你可以说詹姆斯的创造极富戏剧性。就像皮涅罗和琼斯先生过去为大众所做的，詹姆斯则为聪明人这么做。正是在这些微妙物质所引起的化学反应中，在心灵与心灵的碰撞下，这些奇妙的沉淀物和爆炸性气体突然形成，足以证明詹姆斯无与伦比。与詹姆斯的小说相比，其他小说家笔下的人物似乎只是偶然出现在同一本书中。当然，在这个发现中有一些可怕的东西，像流沙一样令人不安，不过这只在《螺丝钉在拧紧》这样的故事中占据绝对主导地位。霍桑在一定程度上把这一点向前推进了一点，但詹姆斯把它发扬得更远。因此，读者和人物心神不安，成了无情洞察力的受害者。

　　詹姆斯在评论方面的天赋最明显地体现在两点上，一是他对思想的掌握，二是他逃避思想，而这一点很令人困惑。掌握和逃避也许是对高级智慧的最后考验。他的头脑很好,任何思想都不能破坏他的头脑。英国人(在当代)对法国怀着不加批判的崇拜,喜欢把法国称为思想之乡。如果我们能把这个说法曲解成真理,或者至少是一种恭维,那它应该意味着在法国,思想受到了非常好的维护,不允许到处乱放,而是保存在植物园里,是市民的骄傲,供他们检验,并在公共需要时少量派发。另一方面,英国虽然不是思想之乡,但至少在澳大利亚兔子横行的时间里,思想已经在英国遍地开花了。在英国,思想自由奔放,以情感为依托。我们不是凭感觉来思考(感觉是非常不同的),思想只会腐蚀我们的感觉。我们制造公共、政治和情感方面的思想,逃避感觉和思考。乔治·梅瑞狄斯(卡莱尔的追随者)思想丰富,他的警句是观察和推理的简单替代品。切斯特顿先生的脑子里充满了各种思想,而我看不出他的头脑会思考。詹姆斯在他的小说中就像最好的法国评论家一样保持着一种观点,而这种观点不受寄生思想的影响。他是他那一代人中最聪明的一个。

在一处都是外国人的地方,可能有助于发展他的本国智慧。自拜伦和兰多后,似乎没有哪个英国人能从在国外的生活中获益良多。我们从切尔西看到了伯明翰,但从巴登或罗马却看不到(真正的)切尔西。的确,来自一个没人想去的平原大国是有好处的。屠格涅夫和詹姆斯都享受到了这种好处,可这些优点并没有为他们赢得认可。欧洲人倾向于从陀思妥耶夫斯基那里接受俄国人的概念,至于美国人的概念,他们即便不是从欧·亨利那里得到,也可以说是从弗兰克·诺里斯那里得到的。因此,他们没有注意到,就像他们的同胞也是多种多样,俄国人多种多样,这些种类中的大多数都很愚蠢,这一点也跟他们的同胞一样,而美国人也是如此。美国人也鼓励这种一般类型的小说,就像一种套路或思想,通常带有捕食性,有方下巴或薄嘴唇。他们喜欢别人说他们是一群商业海盗。此外,当他们想要拒绝美国时,这让他们很容易就能逃避开。因此,弗兰克·诺里斯的小说在这两个国家都取得了成功。不过有一点很奇怪,《陷阱》最有价值的部分是书中讽刺了(我相信它们是无意识的创作,诺里斯只是忠实地再现了他所了解的东西)芝加哥下班后的社会生活。美国人很喜欢在外国人面前展示这种商业主义,而詹姆斯却只是默不吭声,置之不理。在证券交易所关闭后,詹姆斯突然袭击他的同胞,在大西洋彼岸追踪他们的恶习和荒唐的行为,并揭露他们最高的尊严或文化,詹姆斯可能会为在大多数美国人看来可能是可耻的不端行为而感到内疚。指望他们感恩戴德,实属奢望。而英国公众如果更具意识,面对与英式大笑相距甚远的微笑,他们肯定会感到很舒服。亨利·詹姆斯的死如果能得到更多的关注,应该会给"大西洋两岸"带来相当大的宽慰,并巩固英美协约。

威尔基·柯林斯与狄更斯

我希望当代的一些学者和哲学批评家能受到启发,写一本关于情节剧的历史和美学的书。诚然,情节剧的黄金时代在十八世纪中叶就已经过去了,当时的人们都没意识到这一点。然而,现在还有很多年纪不算太轻的人仍然记得情节剧舞台在被电影取代前是什么样子。他们坐在当地或乡间剧场的前排座位上,如痴如醉地观看着《伊斯特·林恩》《白奴》或《无母可恃》的演出。不过他们尚不算太过年老,所以对电影取代戏剧情节剧,或者旧的三卷本的情节小说的元素被分解成长达三百页、价值七先令六便士的各类现代小说还是会充满了好奇心。那些生活在"高雅小

威尔基·柯林斯 1824—1889

说"、"惊悚小说"和"侦探小说"等术语发明前的人们认为情节剧将长盛不衰,人们对它的渴望也将永存,而且必定会被满足。如若不能从出版商提供的"文学"中获得这种满足感,我们就会去读所谓的"惊悚小说",而且越来越不加以掩饰。但在情节小说的黄金时代就没有这样的区分,最好的小说也往往令人感到惊悚。今天这些精妙的"侦探"小说在流派上的区别,比《呼啸山庄》,甚至《弗洛斯河上的磨坊》与《伊斯特·林恩》的区别还要大,而后者一经发表便"立刻取得了巨大的成功,并被译成各种已知的语言,包括帕尔西语和印度斯坦语。"

我们知道有几部当代小说被"翻译成各种已知的语言",但它们和《金碗》《尤利西斯》甚至《包尚的事业》之间的共同点还不如《伊斯特·林恩》与《荒凉山庄》之间的共同点多。

为了欣赏威尔基·柯林斯的作品,我们应该将现代小说中被割裂开的元素重新组合起来。柯林斯与狄更斯、萨克雷、乔治·爱略特、查尔斯·里德和马里亚特上校同处一个时代。他与以上这些小说家都有一

查尔斯·狄更斯 |1812—1870

些共同之处，但与狄更斯的共同之处尤为明显。柯林斯是狄更斯的朋友，两人也曾一起合作，因此他们的作品应当放到一起研究。对文学评论家来说，遗憾的是没有一部完整的威尔基·柯林斯的传记，而福斯特所写的《狄更斯传》，从这个角度来看实在无法令人满意。福斯特是一名著名的传记作家，但在评价狄更斯的作品时，他的观点显得有些狭隘。但凡了解狄更斯与柯林斯的交情，并且研究过两人作品的人，都会认为他们之间的关系以及相互影响是一个值得不断研究的课题，对他们的小说进行比较和研究将有助于阐明小说中戏剧性和情节性的区别。

按照切斯特顿先生的观点，狄更斯的"最佳小说"当属《荒凉山庄》了，而如今尚在人世的狄更斯的批评家中，还无人能超越切斯特顿先生。柯林斯最好的小说，或者至少是唯一一部大家都知道的小说是《白衣女人》。《荒凉山庄》是狄更斯最接近柯林斯的小说（然后是《小杜丽》和《马丁·瞿述伟》的部分章节），而《白衣女人》则是柯林斯最接近狄更斯的小说。狄更斯擅长刻画人物性格，他塑造的人物往往个性鲜明。柯林斯则通常不太善于描写人物，但在打造情节和情景方面是一位高手，对于情节剧至关重要的戏剧元素总能运用自如。《荒凉山庄》是狄更斯构思最为精巧的作品，而《白衣女人》中有柯林斯塑造得最为真实的角色。提到福斯科伯爵和玛丽安·哈尔科姆，可谓无人不知，但提到其他角色，即使是柯林斯最忠实的读者也才能记住六七个而已。

对我们来说，福斯科伯爵和玛丽安非常真实，他们的真实堪比那些更加伟大的人物，如贝姬·夏普和爱玛·包法利。与狄更斯笔下的人物相比，他们只是缺少了那种近乎超自然的现实性，而这种现实性几乎是人物天生就具备的，更像是神的启示或恩典降临到了他们身上。柯林斯笔下最好的人物是在我们眼皮子底下以精湛的技巧虚构出来的，而在狄更斯笔下最伟大的人物身上，我们看不到任何加工或计算的痕迹。狄更斯的人物描写可以归入诗歌一类，就像但丁或莎士比亚的人物一样，只需短短一句话，无论是出自他们口中还是别人对他们的评价，就可以完整地展现在我们眼前。柯林斯没有这样简短的语言，而狄更斯用寥寥数语就可以将一个角色塑造得有血有肉："小贝利[1]这是什么命啊!"，与此类似的还有法利那太[2]的对白——

你的祖上都是些什么人?

对克莉奥佩特拉[3]的描写也是如此：

有一次我见她

穿过街市时连蹦带跳走了四十步。

狄更斯笔下人物的真实性源于他们的与众不同，而柯林斯笔下人物之所以真实则是由于作者煞费苦心地将他们写得前后连贯，惟妙惟肖。狄更斯在介绍一个重要角色时常常漫不经心，直到故事深入后，我们

---

1 狄更斯《马丁·瞿述伟》中的一个人物。——译者注
2 但丁《神曲》中的人物。——译者注
3 通称为埃及艳后，下面的描写出自莎士比亚的戏剧《安东尼与克莉奥佩特拉》。——译者注

才意识到自己面对的是一个举足轻重的人物,而柯林斯则会充分利用戏剧效果,至少在描写《白衣女人》的那两个人物时是这样的。我们对玛丽安的印象,很大程度上来自作者对她的介绍。

  当我把目光落在她身上时,便被那种少有的婀娜多姿和落落大方的优雅所打动。她的身材修长却不过于高挑,体态丰满秀丽但不至于肥胖。她的头端立于双肩之上,从容而灵活。她的腰在男人眼中是那么完美,恰到好处的曲线,仿佛浑然天成,显然没有因为内衬而变形,真是令人赏心悦目。她没有听到我进入房间的声音,我便好好地欣赏了她一番,然后才将一把椅子移到自己身边,以便引起她的注意,却不会显得太尴尬。她立刻转向了我,当她从房间的另一头走来时,每一个动作都显得那么轻盈优雅,令我不由得怦然心动,渴望看清她的面容。她离开了窗边……我对自己说:这位女士有深色的皮肤。她又向前走了几步……我对自己说:她很年轻。

> 她离我更近了……我对自己说（语气中有一种无法用语言表达的惊讶）：她太丑了！

而对于福斯科伯爵则需要更多的细节描述，这一段篇幅太长，在此无法完全引述。不过我们要注意到，由于玛丽安先出场，因此我们对伯爵的印象正是玛丽安对他的印象，从而变得深刻了许多：

> 他的外表、着装和消遣的方式无不透着古怪，要是换成其他人，我一定会无所顾忌地挑剔，或者冷漠无情地嘲笑一番。到底是什么让我无法责怪或者嘲笑他的这些特点呢？

在以上的描写之后，谁还能忘记那些白鼠和金丝雀，以及福斯科伯爵是如何对待珀西瓦尔爵士那只闷闷不乐的猎犬呢？如果说《白衣女人》是柯林斯最出色的小说，那正是因为这两个人物。如果撇开玛丽安和福斯科来审视这本书，我们必须承认这不是柯林斯构思最巧妙的作品，他的其他作品更能体现出他在情节剧方面所具有的某些特殊天赋。《白衣女人》的戏剧性就存在于这两个人物身上,而且是戏剧所特有的不同于情节剧的戏剧性。珀西瓦尔爵士是个纸板人,以他为核心的谜团和故事情节几乎到了荒诞不经的程度。柯林斯的作品中构思最完美,情节和人物的平衡把握得最好的是《月亮宝石》,而最有戏剧性的当属《阿玛代尔》。

《月亮宝石》是第一部也是最伟大的一部英国侦探小说。我们之所以说英国侦探小说,是因为还有爱伦·坡的作品,不过他的作品只对查案感兴趣。爱伦·坡创作的侦探小说像国际象棋的难题一样需要专业知识和脑力,而最好的英国侦探小说则较少依赖数学问题的美感,更多地依赖于无形的人文因素。在侦探小说领域,我们认为英国要胜过其他国家,但这里指的是由柯林斯而非爱伦·坡所开创的流派。在《月亮宝石》中,谜团最终的破解并不完全依靠人类的聪明才智,很大程度上是出于偶然。自柯林斯以来,英国侦探小说中最杰出的男主人公都像卡夫探长一样,难免有错,他们在解密的过程中起到了作用,但却不是唯一起作用的。夏洛克·福尔摩斯在局部上是个例外，不过他并非典型的英国侦探。但即便是福尔摩斯，他的形象之所以能够长存也不仅仅是因为他高超的技艺，更主要的是从琼森学派的角度来看，他是一个幽默的角色，喜欢注射药物、拳击和小提琴！但比起福尔摩斯，卡夫探长更像我们今天在小说中所能见到的健康阳光、和蔼可亲、高效专业，但又容易犯错的一代侦探的祖先。而且，尽管《月亮宝石》的篇幅比当代大师创作的"惊悚小说"长两倍，却无时无刻不在吸引着人们的兴趣，始终保持着悬念。这本书之所以能做到这一点，是因为采用了狄更斯式的手法。除了自身的优点以外，柯林斯还是一个不那么有天赋的狄更斯。《月亮宝石》是一部幽默喜剧。富兰克林·布莱克先生的怪癖，作者通过戈弗雷·阿布莱特先生这个角色对虚假慈善（更不用说对《简·安·斯坦普小姐的生平、书信和工作》[1]这本书）的讽刺，贝

---

[1]《月亮宝石》中戈弗雷·阿布莱特的"珍贵出版物"之一。——译者注

特里奇和他的《鲁滨孙漂流记》，还有他的女儿佩内洛普，支撑起了这本书的叙述。在柯林斯的其他小说中，这种由角色轮流叙述，使用各种书信和日记的手法让人感到乏味，甚至显得不合情理（例如在《阿玛代尔》中，可怕的反派人物格威特小姐就太过频繁和太过坦率地倾吐自己的心声）。但在《月亮宝石》中，这种做法每次都获得了成功，在我们即将感到索然无味时重新激发了我们的兴趣。

在《月亮宝石》中，柯林斯成功地运用了"氛围"一类的辅助手段，狄更斯（以及勃朗特姐妹）在营造氛围方面极具天赋，而柯林斯除了各种技巧以外，并不具备他们那样的天赋。不过就他的目的而言，他的表现还不错。可以对比一下罗珊娜被发现死在抖动沙滩时的描述（并且注意到作者对这一场景事先做了何种精心的准备）和《大卫·科波菲尔》中斯蒂福兹遭遇海滩的场景。我们或许可以说"这两者之间没有可比性"，但两者之间存在一定的可比性，而且不管对柯林斯多么不利，都会使我们对他的技巧有更多的认识。

威尔基·柯林斯还有一个特点使其与狄更斯更为相近，而且这个特点对情节剧来说非常重要。将柯林斯的作品与前面提到的亨利·伍德夫人的作品进行比较，就可以看出这一特点存在与否对情节剧有多么重要。福斯特在他的《狄更斯传》中曾这样写道：

> 对于生活中的巧合、相似和意外，狄更斯都特别喜欢细细品位，很少有什么事能如此激发起他愉快的想象。他常说，世界比我们想象的要小得多，我们在不知不觉中都被命运联系在了一起，本应相距很远的人却总是相互推搡，明天与昨天是如此相似。

福斯特在谈到狄更斯早年生活时就提到了他的这个特点，而那时狄更斯还不认识柯林斯。因此我们可以认为狄更斯和柯林斯都具有这一特点，而且很可能这就是他们一见如故的原因之一。他们二人显然对戏剧都怀有热情，彼此都具有对方身上所缺乏的某些品质，却又有着某些共同点。我们完全有理由断言，他们二人的关系深刻地影响了他们后来的作品，而对此福斯特只是做了一些极为简单的暗示，实在无法令人满意。我们可以在《小杜丽》和《双城记》中找到这种迹象。柯林斯永远也不可能创造出德道斯和小副手[1]这样的人物，但这两个在整体上共同发挥作用的角色，有着同柯林斯作品一样的巧妙构思，而狄更斯在《荒凉山庄》之前的作品则不具备这种优点。

柯林斯对"生活中的巧合、相似和意外"的坚持，在他的次要作品《冰渊》中表现得尤其明显。这本小说读起来似乎是由柯林斯之前写的情节剧拼凑而成的。这部情节剧私下演出过几次，都获得了巨大的成功，狄更斯还在其中担任了主角。比较起来，柯林斯更擅于写舞台剧，而我们或许会认为狄更斯更擅于表演。狄更斯可能在表演时赋予了理查德·沃德这个角色原本故事中绝对没有的个性。对于没有读过这本小说的人，我不妨做一点补充。这部小说主要建立在

---

[1] 德道斯和小副手都是狄更斯生前未完成的作品《德鲁德疑案》中的角色。——译者注

巧合之上，两个本不该相遇的人相遇了，他们一个求爱成功，另一个则失败了，而且在最不可能的情况下，他们加入了同一场极地探险，还不知道对方的身份。

柯林斯在《冰渊》中写了一部纯粹的情节剧，也就是说这本小说只不过是一个情节剧式的故事。我们不得不接受不大可能发生的事情，仅仅是为了看随之而来的令人激动的场景。但是戏剧和情节剧的边界是模糊的，二者的差异在很大程度上取决于各自的侧重点。或许可以说，没有一部戏剧能够在没有大量情节剧元素的情况下取得巨大和永久的成功。那么《冰渊》和《俄狄浦斯王》究竟有什么区别？它们的区别就在于巧合与命运的不同，巧合的设置往往毫无顾忌，不假掩饰，而命运则融入了人物的性格中。对高度戏剧化的情节来说，没有必要去除意外，你无法制定出人们能够接受的意外所占的比例。然而，伟大戏剧中的角色即便不一定比情节更重要，但在某种程度上会让人感到与情节是不可分割的。至少人们坚信，如果故事情节没有以这样或那样的方式推动事件的发生，那么人物最终可能或多或少还是会迎来同样或好或坏的结局。有时，对柯林斯来说，情节剧式的偶然因素变成了戏剧中的宿命。柯林斯有一个关于鬼魂的匪夷所思的短篇小说，虽然不是他最著名的作品，也远远不是他最好的作品，不过却非常具有戏剧性。这本叫作《闹鬼的旅馆》的书，比仅可一读的二流鬼故事好的地方在于，这个故事中的死亡不再仅仅是一个牵动人物的线索。故事中的主要人物，那个沉迷于宿命想法的不祥女人，她的动机是戏剧性的，她促成了巧合的发生，她感到自己不得不去推动事情朝她预感的方向发展。在这本书中，由于主人公内在的戏剧性，故事本身不再仅仅是情节剧，而同时具有了真正的戏剧性。

柯林斯的某些故事还有另一个特点，可以说属于情节剧，或者属于戏剧中的情节剧部分。那就是将一个不可避免且完全可以预见的结局尽可能地推迟，并且超出人们的预计。像《新玛格达琳》这样的小说不知从何时起就被仅仅用于舞台悬念的研究。故事的结局由于作者尽可能做出的各种别出心裁的设计而再三推迟。故事情节表现出的戏剧性非常有效,却不够深刻。这些小说很少像《白衣女人》那样,将情节建立在主要人物之间的冲突之上,而更多的是建立在占据敌对位置的棋子之间的冲突上。比如《无名氏》中雷格上尉和勒孔特太太在奥尔德堡的长久较量就是这样的一个例子。

如果要从柯林斯的作品中选出最典型的,或者较为典型的作品中最好的一部,那当属《阿玛代尔》了,这本小说应该被当作那个时代情节小说的典范来加以推崇。它具有情节剧的全部优点,除此以外别无他物。如果格威特小姐这个角色不用承担揭露自己恶行的任务,那么这个小说的构思几乎可以说是完美的。它像柯林斯的大多数小说一样有一个巨大的优点,那就是一点都不枯燥,现在这种优点已经越来越少见了。小说在很大程度上体现了前面提到的柯林斯特有的优点,我们姑且称之为虚假的宿命感。这本书的情节是由梦操控的。在作者细致的铺垫下,读者的头脑做好了接纳梦境的准备。他首先精心安排了一场巧合:两个堂兄弟被困在了一条失事的船上,其中一个的父亲很早以前曾在这艘船上诱捕了另一个的父亲。其次,他让医生来解释梦境。医生解释得合情合理,因此读者立刻便接受了梦境。然后,做梦者凭直觉行事的性格看上去非常合理,梦境各个部分应验时的场景也实现了完美的调度,这一点尤其体现在这样的一个场景中:在划船聚会上演了一些精彩的幽默喜剧后,格威特小姐在日落时分来到了荒凉的诺福克布罗兹湖岸。由于梦境,我们始终处在一种紧张的状态下,因此才会觉得人物可信,否则会感到很荒谬。

最杰出的小说本身都具备某种可以确保人们,至少是少数人会去阅读的品质,哪怕小说作为一种文学形式已无人再写。我不是说威尔基·柯林斯的小说具备这种永恒性。只有当我们喜欢"阅读小说"时,他的小说才会让人感到有趣。但仍然有人在创作小说,而且没有哪个当代小说家不能从柯林斯那里学到一些有趣的、能够激发读者的技巧。只要还有人在写小说,就必定会有人不时地去重新探索情节剧的各种可能性。当代的"惊悚片"正面临着流于俗套的风险。老套的管家在第一章发现了老套的谋杀案,老套的侦探在最后一章才查到了真凶，而读者早在他之前就已经发现了凶手。相比之下，威尔基·柯林斯能够提供的灵感取之不尽，用之不竭。

即便我们拒绝重视柯林斯，但只要我们意识到他所掌握的艺术无论是查尔斯·里德还是狄更斯都无法轻视，我们就很难不严肃地对待他。我们无法非此即彼地界定戏剧和情节剧，伟大的戏剧包含了情节剧，而最好的情节剧其伟大之处也不亚于戏剧。《月亮宝石》与《荒凉山庄》颇为相似。钻石的失窃同大法官法庭的诉讼案一样破坏了周围人的生活，罗莎娜·斯皮尔曼因为钻石而丧命，正如弗莱特小姐因为诉讼断送了一生。柯林斯的小说提出的一些问题，是学习"小说艺术"的人们不能忽视的。艺术家可能对自己的"艺术"过于敏感。作为评论家，亨利·詹姆斯可能造成了一些不好的影响，尽管他在实践时不仅表现得非常"有趣"，而且巧妙地掌握了写出高质量情节剧的技能。我们不要忘记，对散文或诗歌的第一要求，就是应当有趣，只是要做到这一点并非易事。

莎士比亚 |1564—1616

莎士比亚与塞涅卡的斯多亚主义

在过去几年里,莎士比亚屡屡被再次提及。有身心交瘁的莎士比亚,一位退居二线的英印混血儿(按照里顿·斯特雷奇[1]的说法);有救世主一般的莎士比亚,提出了一套新的哲学和新的瑜伽体系(这是米德尔顿·默里[2]的说法);还有残暴的莎士比亚,有如愤怒的参孙(温德姆·刘易斯[3]在他最近出版的有趣的书《狮子和狐狸》中如此写道)。总体而言,我们不

---

[1] 英国著名传记作家,二十世纪传记文学的代表。——译者注
[2] 英国作家、评论家。——译者注
[3] 英国作家和画家,其作品包括小说、评论、哲学研究等。——译者注

妨认为这些说法是有益的。不管怎样,对于像莎士比亚这样重要的一个人,我们最好时不时改变自己的看法。过去传统的莎士比亚已被逐出舞台,取而代之的是各式各样非传统的莎士比亚。面对任何像莎士比亚一样伟大的人物,我们可能永远都不会有正确的看法。既然我们永远都无法获知真相,那不如时不时地改变一下犯错的方式。到头来,真相能否占据上风可不好说,也从未被证实。但可以肯定的是,没有什么比新的错误能更有效地消除错误了。斯特雷奇、默里,或者刘易斯是否比赖默、摩根、韦伯斯特和约翰逊更接近莎士比亚的真相,这很难说。但在1927年的今天,他们肯定比柯勒律治、斯温伯恩,或者多顿更加深得人心。他们即便没有给出莎士比亚的真相——假如这个真相存在的话,也至少给出了莎士比亚的几个新的版本。假如在证明莎士比亚与1815年、1860年或者1880年的人们的感受和想法并非完全一致时,唯一的办法就是证明他和1927年的我们有着相同的感受和想法,那么对此我们也只好心怀感激地接受了。

不过，这些莎士比亚的最新诠释者启发了人们对于文学批评及其局限性、一般美学和人类理解的局限性的一些思考。

当然，对于莎士比亚，目前还有很多其他的诠释，即对莎士比亚的自觉观点的诠释，也可以说是对其所属阵营的解读：要么说他是保守党文人，要么是自由党文人，或者是社会主义文人（尽管萧伯纳已经警告过和他同属一派的作家，不要妄图和莎士比亚扯上关系，也不要从他的作品中找到任何振奋人心的东西）。此外，我们还有新教徒莎士比亚、怀疑论者莎士比亚，还有一些理由证明他是高派教会的教徒，甚至是天主教徒。依个人愚见，莎士比亚私下里持有的观点，与我们从他那些已经出版的丰富多彩的作品中所摘录的观点可能截然不同。他的著作中没有任何线索可以表明他在上一届和下一届选举中投谁的票。他对修订后的祈祷书的态度，我们也一无所知。我承认，作为一个小小的诗人，我的经验可能会使我的观点有所偏颇。我习惯了遥远、热情的人们从我的作品中（尽管写得就是那么回事）设法找到宇宙的意义，这一点是我始料不及的。我习惯了人们说我认真表达的东西是社会诗。我习惯了人们用我书里写的，或者我编造的段落重新构建我的个人传记，就因为它们听上去不错，而我确确实实根据个人经历所写的东西却总被传记所忽视。由此，我认为人们对莎士比亚的误解程度更甚于对我的误解，正如他本人的价值要远高于我。

再加一条个人"注解"：我相信，我对作为诗人和剧作家的莎士比亚的推崇不亚于世上的任何一个人，我确信没有人比他更伟大了。而且我认为，我敢贸然谈论他的唯一资格是我从没有妄想莎士比亚会有一点像我自己——不管是像我本人，还是像我想象中的自己。在我看来，我质疑斯特雷奇、默里和刘易斯诠释的莎士比亚，主要原因之一便是他们描述的莎士比亚都与他们本人有着惊人的相似之处。莎士比亚是什么样的人，我不是很清楚。但我认为他既不像斯特雷奇，也不像默里、刘易斯，或者我。

人们通过从莎士比亚受到的各种影响来诠释他。有人从蒙田和马基雅弗利对他的影响进行诠释。我想斯特雷奇会从蒙田的角度来诠释莎士比亚，尽管那也是斯特雷奇心中的蒙田（因为斯特雷奇喜欢的人物都有着明显的斯特雷奇的特征），而非罗伯逊[1]眼中的蒙田。我认为刘易斯在他那本非常有趣的书中做了一件真正有用的事情，他让我们注意到了马基雅弗利在伊丽莎白女王时代英国的重要性，虽然他笔下的马基雅弗利只是《驳马基雅弗利》中的马基雅弗利，而非真正的马基雅弗利——一个在伊丽莎白女王时代、乔治王时代，以及其他任何时代的英国都无法被理解的人。不过，在我看来，如果刘易斯认为（我并不确定他是怎么想的）莎士比亚以及伊丽莎白时代的英国总体上受到了马基雅弗利思想的"影响"，那么他就大错特错了。我认为莎士比亚和其他的剧作家在剧本中引入当时流行的马基雅弗利思想只是出于舞台目的，但这个思想与作为意大利人和罗马基督徒的马基雅弗利并没有什么相似之处，就像萧伯纳所理解的尼采思想（不管那是什么）与真正的尼采相去甚远。

---

[1] 苏格兰记者，曾写过《蒙田与莎士比亚》一书。——译者注

我将提出一个受到塞涅卡的斯多亚主义影响的莎士比亚，但我并不认为莎士比亚受到了塞涅卡的影响。我之所以提出这种说法，很大程度上是因为在蒙田式的莎士比亚（并不是说蒙田有什么哲学）、马基雅弗利式的莎士比亚之后，人们多半会提出一个斯多亚主义或者塞涅卡式的莎士比亚，我只是想在其出现之前打打预防针。如果这样能阻止他的出现，那我的目的也就算达到了。

我想就塞涅卡可能对莎士比亚产生的影响作出非常明确的说明。我认为莎士比亚很可能在学校读过塞涅卡的一些悲剧，但他不太可能了解塞涅卡那些极其枯燥乏味的散文，这些散文由洛奇[1]翻译，于1612年出版。说到塞涅卡对莎士比亚的影响，可以归因于后者在学校学习时的记忆，也可以归因于当时塞涅卡的悲剧——透过基德和皮尔，但主要是透过基德所产生的影响力。而至于莎士比亚有意从塞涅卡那里汲取

---

1 托马斯·洛奇，英国作家，文艺复兴时期"大学才子派"诗人和剧作家。——译者注

"人生观"这种说法，似乎并没有任何证据可以证明。

不过，在莎士比亚的某些伟大的悲剧中，呈现出一种全新的态度，尽管不是塞涅卡的态度，却源于塞涅卡。它与法国悲剧，与高乃依或拉辛的作品中所呈现的东西有所不同。它是现代的，在尼采那里到达了巅峰——如果它有巅峰的话。我不能说这是莎士比亚的"哲学"，但却有很多人将其奉为信条，尽管莎士比亚可能只是出于本能意识到了这种态度在戏剧方面的实用价值。莎士比亚笔下的某些主人公在悲剧性的紧张时刻所采取的就是这种自我戏剧化的态度。这并非莎士比亚所独有，在查普曼的作品中也很明显，布西、克勒蒙和比隆[1]都是以这种方式死去的，伊丽莎白时代最有趣同时也最少为人研究的马斯顿也采用了这种态度，而且，马斯顿和查普曼尤其地"塞涅卡化"。当然，莎士比亚在展现这种态度时比任何人都要高明，使其在某种程度上更加贴合他笔下人物的个性。他的语言更加精练，描写得更加真实。一直以来

---

[1] 布西、克勒蒙和比隆都是查普曼作品中的主人公。——译者注

我都认为,我从未见过有哪一段文字能比奥赛罗的最后一段独白更能深刻地揭露人性的弱点,即人类普遍的弱点(我不知道其他人是否也持同样的观点,可能这种观点听上去极其主观和荒唐)。人们通常会从表面上来理解这段独白,认为它表达了高尚但犯了错的灵魂在遭遇挫败时所展现的伟大人格。

> 温柔的人们啊,听我说几句话再走。
> 我曾为国家立下功劳,人们都知道。
> 这些已无需再提,我只求你们在信中,
> 叙述这些不幸的事情时,
> 实事求是地谈到我,不要为我开脱,
> 也不要恶意地歪曲,你们一定要说:
> 这个人爱得不够理智,却用情至深,
> 这个人不轻易妒忌,可一旦被蛊惑,
> 却又会如坠迷雾。
> 他就像卑贱的印第安人,扔掉了手中的珍珠,
> 而这珍珠比他的整个部落都还要贵重。

> 这个人不会随意落泪，也不习惯于伤感，
> 却像阿拉伯树流出具有药效的树胶一样，泪如雨下。
> 请把我的这番话记下。
> 另外，还有一次，在阿勒颇，
> 一个裹着头巾的恶毒的土耳其人，
> 在殴打一个威尼斯人，还辱骂我们的国家，
> 我抓住这个受过割礼的无赖的脖子，
> 就这样一剑宰了他。

在我看来，奥赛罗讲这番话是为了给自己鼓劲儿。他在努力逃避现实，他想的不再是苔丝德蒙娜，而是自己。谦逊是所有美德中最难做到的，没有哪种欲望比自我赞美更难消退。奥赛罗采取了一种审美而非道德上的姿态，在所处的环境中戏剧化地表现自己，成功地将自己变成了一个可悲的人物。他在欺骗旁观者，不过人类的主要动机是自我欺骗。在揭露这种包法利主义，即人类在试图幻想事物本质的意图方面，没有哪位作家比莎士比亚做得更加透彻。

如果将莎士比亚的几位主人公的死亡与明显受到塞涅卡影响的马斯顿和查普曼等剧作家的主人公的死亡进行比较——不是全部，因为很少有什么说法可以概括莎士比亚的全部作品，尤其是奥赛罗、科利奥兰纳斯和安东尼，你就会发现他们之间有着极为相似之处，只不过莎士比亚描写得更具诗意，更加逼真。

你可能会说，莎士比亚只是有意无意地揭示了人性，这与塞涅卡无关。但与其说我关心塞涅卡对莎士比亚的影响，不如说我更关心莎士比亚会如何阐释塞涅卡和斯多亚主义。最近，舍尔教授指出查普曼的塞涅卡主义大多直接借鉴伊拉斯谟[1]和其他创作者。我关心两点事实，一是塞涅卡是罗马斯多亚主义的文学代表，二是罗马的斯多亚主义是伊丽莎白女王时代戏剧的重要组成因素。伊丽莎白女王时代出现斯多亚主义是很自然的事情。最初的斯多亚主义，尤其罗马斯多亚主义是一套适合奴隶的哲学，因此早期的基督教

---

1 伊拉斯谟，文艺复兴时期尼德兰（今荷兰和比利时）著名的思想家和神学家。——译者注

将它吸收了过来。

>一个融于宇宙的人，
>在他的主宰下，将使万物融合。

一个人只要可以融于其他事物，就不会融于宇宙。生活在繁荣的希腊城邦的人，以及基督徒，可以融入其他更好的事物当中。而对那些身处冷漠、充满敌意且对自己而言过于空旷的世界的人来说，斯多亚主义是一个避难所。它是所有自我鼓励形式的永恒基底。尼采就是一个最为引人注目的现代自我鼓励的例子。这种斯多亚主义的态度与基督教的谦逊恰好相反。

伊丽莎白女王时代的英国显然与罗马帝国有着截然不同的环境，但那是一个分崩离析的混乱时期，在这样的时期，任何似乎可以给人以某种坚定信念的情感态度，哪怕只是一种"我孤零零一个人"的态度，人们也会热切地予以接受。在伊丽莎白女王这样一个时代，塞涅卡的骄傲、蒙田的怀疑主义和马基雅弗利的犬儒主义是如何与这个时代的个人主义轻而易举地融合在一起的,这几乎不需要我来指出,同时也超出了本文的范畴。

这种个人主义,这种骄傲的恶习之所以被写进剧本,很大程度是因为其具有戏剧性。但以前的其他戏剧并没有利用这种人性的弱点,《波里耶克特》[1]和《菲德拉》[2]中就没有采用。可即使哈姆雷特把事情搞得天翻地覆,导致至少三个无辜的人和两个微不足道的人死去,而他在死的时候却仍然感到扬扬得意——

> 霍拉旭,我要死了,
> 但你还活着,把我的为人和我的缘由,
> 好好讲给那些对我不满意的人!
> ……
> 哦,好霍拉旭啊,如果任由事情这样不明

---

[1] 法国作家高乃依的悲剧。——译者注
[2] 一部三幕歌剧,由克洛蒂根据萨多同名原著编写脚本,焦尔达诺谱曲。——译者注

不白,

　　将多么有损我身后的名声!

　　安东尼说:"我仍然是安东尼。"公爵夫人说:"我仍然是马尔菲公爵夫人"。可若非美狄亚说她仍然是美狄亚,那他们当中的任何一个还会这样说吗?

　　我不想自己表现得好像在强调伊丽莎白女王时代的主人公和塞涅卡的主人公一样。塞涅卡对伊丽莎白女王时代的戏剧的影响要比对其自己戏剧的影响更为明显。任何人的影响力和他本人都是两回事。因此,伊丽莎白女王时代的主人公要比塞涅卡的主人公更具有塞涅卡和斯多亚主义的风格。因为塞涅卡遵循的是希腊的传统,而非斯多亚主义,他模仿伟大的范例,发展了人们所熟悉的主题。因此,纵使他的情感态度和希腊人的态度有着巨大的差异,这种差异在他的作品中也是相当隐蔽的,而在文艺复兴时期的作品中则表现得更为明显。此外,伊丽莎白女王时代的主人公,莎士比亚的主人公,即使在伊丽莎白女王时代的英国也不是一成不变的。浮士德是一个明显的例外。

算上莎士比亚和查普曼，马洛在所有伊丽莎白女王时代的剧作家中是思想最为深刻、最富哲理的，尽管不够成熟，却能够创造出像贴木儿这样骄横跋扈的主人公，同时还创作出一个已经到了连骄傲都可以抛弃的恐怖地步的主人公。埃利斯·弗莫尔[1]在她最近出版的一本关于马洛的书中很好地阐述了浮士德的这种特点，尽管她是从另外一种角度来写的，不过我还是可以借用她的话来支持我的观点：

> 马洛对浮士德的追随超过了所有和他同一时代的人，跨越了意识和死亡的边界。对于莎士比亚和韦伯斯特来说，死亡是生命的突然中断，他们的人物死去时，直到生命的最后一刻，都至少在某种程度上意识到了周围的环境，并在这种意识的影响及至支撑下，保持了贯穿他们一生的个性和特点……只有在马洛的《浮士德》中，这些都被抛在了一边。他深刻地描写了与过去隔

---

[1] 英国文学评论家。——译者注

绝,沉浸在自身毁灭意识中的心灵体验。

不过,作为同时代中最有思想、最亵渎上帝(因此很有可能也是最虔诚的基督徒)的人,马洛自然是与众不同的。而莎士比亚的非凡之处主要在于他极其出众。

在莎士比亚的所有戏剧当中,《李尔王》常常被认为最具有塞涅卡精神。坎利夫认为它充满了塞涅卡式的宿命论。在此,我们必须再次把一个人和他的影响进行区分。希腊悲剧的宿命论、塞涅卡悲剧的宿命论和伊丽莎白女王时代的宿命论这三者之间在悲剧色彩上存在着微妙的差别。它们中间有着一种连续性,但远远看去,却又互相形成了一种强烈的对比。在塞内加的作品中,透过罗马的斯多亚主义可见其背后的希腊伦理学,而在伊丽莎白女王时代,透过文艺复兴时期的无政府主义又可见罗马的斯多亚主义。《李尔王》中有几个意味深长的短语,比如引起坎利夫教授注意的那些短语,有一种塞涅卡式的宿命论的基调,如 fatis agimur[1]。只不过有的多一点，有的少一点罢了。在这一点上，我和刘易斯先生的看法不同。刘易斯提出莎士比亚是一个纯粹的虚无主义者，是一股想要毁灭的精神力量。而在我看来，莎士比亚既不像蒙田那样存心做一个怀疑主义者，也不是像马基雅弗利那样刻意的犬儒主义者，更不像塞涅卡那样听天由命。我认为他加入这些只是为了达到戏剧目的，也许你会从《哈姆雷特》中看出较多蒙田的风格，在《奥赛罗》中看出较多马基雅弗利的风格，而在《李尔王》中看出较多塞涅卡的风格。不过，我不能同意下面的这段论述：

> 除了查普曼，莎士比亚是我们在伊丽莎白女王时代的剧作家中唯一能找到的思想家。当然，这就意味着他的作品除了诗歌、幻想、修辞，以及对习俗的观察以外，还包含了大量表现清晰的思考活动过程的内容，而这些内容在像蒙田这样

---

1 拉丁文，意思是我辈受命运之驱使。——译者注

的道德哲学家手里会成为文章的自然素材。然而，这种出人意料地，从他完美的艺术呈现中自然而然涌现出来的思想，其中所包含的特质有时具有一种惊人的力量，正如莎士比亚其人。他的思想即便不是系统性的，也至少是可以辨认的。

我要反对的就是这种"思想"的一般概念。我们很难用同一个词来表示不同的事物。我们笼统地说莎士比亚、但丁和卢克莱修是有思想的诗人，而斯温伯恩，甚至丁尼生都是没有思想的诗人。但我们真正的意思并不是指他们思想的特质，而是指他们情感的特质有所不同。有思想的诗人仅仅是指能够表达出与思想相对应的情感，他们感兴趣的不一定是思想本身。我们说起来的时候，仿佛思想是清晰的，而情感是模糊的。可在现实中，既有清晰的情感，也有模糊的情感。要想表达清晰的情感，就像表达清晰的思想一样需要极大的聪明才智。而我所说的"思想"和在莎士比亚作品中所看到的完全是不同的东西。刘易斯以及其他主张莎士比亚是伟大哲学家的人们，总是乐此不疲地谈论莎士比亚的思维能力。但他们并未能说明他的思考有什么目的，他对人生有何完整的看法，或者他给出了哪些可供遵循的行动步骤。刘易斯说："有大量的证据可以表明莎士比亚对战功和战事的看法。"是这样的吗？或者更确切地说，莎士比亚究竟是否做过任何思考？他只是忙于把人类的行为变成诗歌。

我认为莎士比亚的戏剧没有一部是有"意义"的，但要说莎士比亚的戏剧毫无意义也同样不对。所有伟大的诗歌都会让我们对人生的看法产生错觉。当我们进入荷马、索福克勒斯、维吉尔、但丁，或者莎士比亚的世界，我们总是会以为我们领会的东西可以被理智地表达，因为每一种清晰的情感往往都会有一个理智的表达方式。

我们很容易被但丁的例子所迷惑。我们认为，但丁的诗体现了严谨的知识体系，他有自己的一套"哲学"，因此每个像但丁一样伟大的诗人也都有一套哲学。但丁背后是圣托马斯的思想体系，他的诗可与之一一对应。由此可见，既然莎士比亚的背后有塞涅卡、蒙田或者马基弗维利，而如果他的作品与这些人的任何一部作品都不能一一对应，那么一定是他自己暗中做了一点思考，这才写得比这些人更为出色。我看不出有什么理由相信但丁或者莎士比亚有过独立的思考。认为莎士比亚会思考的人往往是那些并不从事诗歌创作，而是从事思考工作的人，而且我们都喜欢认为伟人跟我们一样。莎士比亚和但丁的不同之处在于但丁背后有一套连贯的思想体系，但那只是碰巧而已，而且从诗歌的角度来看，这只是一个无关紧要的偶然因素。碰巧在但丁的那个时代，思想是有序、强大且美好的，并且被集中到了一个非常伟大的天才身上。但丁的诗歌得到了提升，从某种意义上来说这并不值得赞扬，因为这些诗歌背后的思想来自一个像但丁一样伟大且可爱的人——圣托马斯，而莎士比亚背后的思想来源却远不如莎士比亚本人。于是就产生了两种可能的谬误，要么是莎士比亚和但丁一样伟大，那么他一定用自己的思想弥补了蒙田、马基雅弗利或者塞涅卡相对于圣托马斯的不足之处；要么就是莎士比亚不如但丁。事实上，莎士比亚和但丁都不曾做过任何真正的思考，那不是他们的职责。而当时思想潮流的相对价值,以及强加给每个人用于表达情感的素材,都是无关紧要的。这并不能使但丁成为一个更伟大的诗人,也不意味着我们可以从但丁那里获得比从莎士比亚那里更多的东西。比起塞涅卡,我们确实可以从阿奎那那里学到更多的东西,但那完全是两码事。但丁说:

神的意志中有我们的平静。

这是一首伟大的诗,背后有着伟大的哲学。莎士比亚说:

我们之于神明,正如苍蝇之于顽童,
杀死我们于他们而言不过是消遣。

这同样也是一首伟大的诗,尽管其背后的哲学并不伟大。重要的是,两位诗人都用完美的语言表达了人性的某种永恒的冲动。后者在情感的强烈程度、真实性、内容的丰富程度,以及诗歌的实用性和是否有益方面均不输于前者。

诗人都是有感而发。说到这一点,莎士比亚和但丁之间并无多大差别。但丁的牢骚和怒气——有时会借《旧约》先知的谴责几乎不加以掩饰地表达出来,他的怀旧,他对往昔幸福或者正是因为过去而看似幸福的往昔的苦涩遗憾,以及他试图从个人的原始情感中编造出一些永恒而神圣的东西所做的大胆尝试——正如他在《新生》中所做的那样,都与莎士比亚不相上下。莎士比亚也是如此,他致力于将个人隐秘的痛苦转化为某种丰富而奇特的、普遍而非个人的东西,这种努力本身就是诗人生命力的来源。但丁对佛罗伦萨、皮斯托亚或其他对象的愤怒,以及莎士比亚作品中一贯汹涌而出的冷嘲热讽和幻想破灭,都不过是为了转变个人的失败和失望所做的巨大尝试。伟大的诗人在写自己的时候也是在写他那个时代。于是,但丁不知不觉成了十三世纪的代言人,莎士比亚也不知不觉成了十六世纪末历史转折点的代表。然而,我们很难说但丁相信还是不相信圣托马斯的哲学,也很难说莎士比亚相信还是不相信文艺复兴时期杂乱混沌的怀疑主义。如果莎士比亚遵循一套更好的哲学来写作，那他就不会写出这么好的诗了。他的职责就是基于当时人们的思想表达出那个时代最为强烈的情感。诗歌不是刘易斯和默里有时所认为的那样，是哲学、神学或者宗教的替代品，它有自己的功能。不过，这种功能不是理智上的，而是情感上的，无法用知识语言进行充分说明。我们可以说，诗歌给了我们"慰藉"——由但丁和莎士比亚这样截然不同的作家所提供的不可思议的抚慰。

以上我所说的可以用哲学语言表达得更为准确，但篇幅却要长得多：这些内容可以包括在哲学范畴内，被称为信仰理论（它不属于心理学，而属于哲学，或者纯粹的现象学），迈农和胡塞尔已经在这一领域做了一点先驱性的研究。信仰在不同的头脑中所产生的意义，因其指向的活动而有所不同。我怀疑一个伟大的诗人，就其作为诗人而言，他的行为中是否含有纯粹的信仰。也就是说，作为诗人，但丁没有相信或者不相信圣托马斯的宇宙论或灵魂理论，他只是利用了这套学说，或者说为了创造诗歌，他最初的情感冲动和某种理论发生了融合。诗人创造诗歌，形而上学家创造形而上学；蜜蜂制造蜂蜜，蜘蛛分泌蛛丝，你很难说他们这些行为主体有什么样的信仰，他们只是各司其职罢了。

信仰问题非常复杂，而且很可能无法解决。我们必须考虑到，在不同职业的人之间，如哲学家和诗人之间，以及在不同的时期，信仰的情感品质是不同的。十六世纪末是一个很难将诗歌与思想体系或理性的人生观联系起来的时代。在对多恩的"思想"做了一些想法普通的调查后，我发现很难得出结论，说多恩有什么样的信仰。那个时候，世界似乎充满了各种思想体系的碎片，像多恩这样的人只是像喜鹊一样捡起各种闪闪发光、引起他注意的想法碎片，将它们零零散散地塞进了自己的诗里。拉姆齐小姐在对多恩的创作来源进行了深入而细致的研究后，认为他是一位"中世纪的思想家"。可我既看不出任何"中世纪主义"，也看不到任何思想，只看到他纯粹是为了达到诗意的效果而借鉴来的一大堆杂乱无章的学问。舍尔教授关于查普曼创作来源的最新研究成果，似乎表明查普曼也做了同样的事情,并指出查普曼黑暗思想的"深刻"和"晦涩"在很大程度上是由于他在自己的诗歌中断章取义地加入了从费奇诺等作家的作品中截取的大段的文字。

我从来都不认为莎士比亚采用了同样的方法。比起同时代的人,甚至可能比起但丁,莎士比亚都是一个更为精细的转换者。同时,他只需要较少的接触就能吸收到自己所需要的一切。塞涅卡的元素已经被他完全吸收和转化,在莎士比亚的世界中分布得最为广泛。马基雅弗利的因素可能是最间接的,而蒙田的因素则是最直接的。有人说,莎士比亚缺乏统一性。我认为同样也可以说,莎士比亚总体上是统一的,在一个毫无疑问缺乏统一性的时代,他尽可能将所有的流派统一了起来。莎士比亚身上具有统一性,但非普遍性,没有人具有普遍性。莎士比亚和他同时代的圣特蕾莎修女之间就没有太多共同之处。在我看来,塞涅卡、马基雅弗利和蒙田作品对当时的共同影响,尤其是通过莎士比亚所产生的显著影响,是一种对新的自我意识的影响。莎士比亚的主人公身上就具有这种自我意识和自我戏剧化，哈姆雷特只是其中之一。这似乎标志着人类历史进入了一个也许是进步的，也许是退步或者变化的阶段，哪怕不是一个令人愉快的阶段。罗马的斯多亚主义在其所处的时代就是自我意识发展的结果，在被基督教吸收后，又在文艺复兴这个解体时期得以再次爆发。正如我前面所说，尼采是其最新的变体，他的态度是一种颠倒的斯多亚主义，因为通过宇宙来认识自己和通过自己来认识宇宙之间并无多大差别。关于塞涅卡对伊丽莎白女王时代戏剧的影响，已经有人在形式上，以及短语和情境的借用和改变上进行了详尽的研究。而塞涅卡在感性方面的贯穿渗透将更加难以追溯。

叶芝 | 1865—1939

叶芝

我们这个时代的几代诗歌似乎跨越了大约二十年的时光。我并不是说任何诗人最好的作品都局限于二十年,我的意思是,每过大约二十年,一种新的诗歌流派或风格就会出现。也就是说,当一个人到五十岁时,他身后的诗歌是七十岁的人写的,而他面前的诗歌是三十岁的人写的。这就是我当下的处境,我若再活二十年,很可能就将看到另一个更为年轻的诗歌流派。然而,世人与叶芝的关系并不属于这个范畴。在美国上大学期间,我还很年轻,刚开始写诗,叶芝则已经成为诗坛举足轻重的人物,他的早期创作非常明确。我不记得他那个阶段的诗给我留下了什么深刻的印象。那时候的他非常年轻,想要动笔写诗,基本上没人批评他,甚至他也没有得到广泛的赞赏。他在寻找大师,能够引导他明白自己想说什么,以及内心想写的诗歌是什么。青少年作家的品位强烈但狭隘,由个人的需要决定。我需要的那种教我如何使用自己声音的诗歌在英语中根本不存在,只能在法语中找到。因此,在叶芝晚年的诗歌征服我的热情之前,年轻叶芝的诗歌在我这里几乎没有存在感。到那时……我的意思是从1919年开始,我自己的成长过程也有了明确的轨迹。因此,从一个角度来看,我发现自己把他看作是一个同时代的人,而不是一个前辈。从另一个角度来看,我与年轻人的感受相同,他们从1919年开始认识并钦佩他的作品,而这些诗歌是叶芝在他们青少年时期创作出来的。

当然,对英国和美国的年轻诗人来说,我相信他们对叶芝的诗歌一直都赞赏有加。他的习语太与众不同,不会有被模仿的危险。他的观点太独特,不会加深和证实他们的偏见。对他们来说,欣赏一位名副其实的伟大在世诗人的风采是件好事,他们不想模仿他的风格，他的思想与他们中间流行的观点相左。在他们的作品中，你只会看到他留下印象的短暂证据，但他的作品，以及作为诗人的他本人，对他们来说都是最重要的。这似乎与我所说的年轻诗人选择欣赏的诗歌类型相矛盾。但我说的是另一件事。叶芝如果没有成为伟大的诗人，就不会有这样的影响。但我所说的影响是来自诗人本人的形象，来自他对艺术和技艺的完整热情，这为他的非凡发展提供了动力。他每次去伦敦，都喜欢与年轻的诗人见面，谈天说地。人们有时说他傲慢专横。我从来没见过他这样。在他与一位年轻作家的谈话中，我总觉得他提出了平等的条件，就像对待一位同事，一个同样神秘的从业者一样。我认为，与许多作家不同的是，他更关心诗歌，而不是自己作为诗人的声誉或形象。艺术比艺术家更伟大，他把这种感觉传达给别人。正是出于这个原因，年轻人与他在一起从不会感到不安。

我相信，这就是他在成为名副其实的大师之后能够永远保持与时俱进的秘诀之一。另一个秘诀是我所说的不断发展。这样评论他的作品，几乎可以算是老生常谈。但是，虽然人们经常提及他的作品，却鲜少分析其中的原因和性质。当然，其中一个原因就是专注和努力工作，此外还有性格，我的意思是艺术家成为艺术家所具有的特殊性格，也就是性格力量，狄更斯就是凭借这股力量耗尽了他的第一次灵感，人到中年还能创作出旷世巨作《荒凉山庄》，而这部作品与他的早期作品迥然不同。很难对创作方式进行概括，这么做也并不明智，毕竟人很多，方式也有很多，然而，根据我的经验，人到了中年有三个选择，第一，彻底放弃写作，第二，用一种越来越精湛的技艺重复自己，第三，思考如何适应中年的生活，找到不同的工作方式。为什么勃朗宁和斯威本后期创作的长诗大多无人问津？在我看来，这是因为人们在勃朗宁或斯威本早期的诗作中已经找到了他们的全部精髓。他们的后期作品只会让人们想起这些诗歌是多么缺乏早期作品的鲜活感，却没有其他全新的品质作为补偿。当一个人从事抽象思维的工作——如果在数学和物理科学之外还存在其他完全抽象的思维的话，他的思想可以成熟，而他的情感要么保持不变，要么只是萎缩了，而这无关紧要。但诗人的成熟则意味着作为一个完整的人的成熟，体验与年龄相适应的新情感，还会怀着与年轻人同样强烈的情感。

有一种发展形式堪称完美，那就是莎士比亚的方式，他成熟时期的作品与他年轻时的作品一样令人陶醉，而像他这样的诗人并不多见。我认为，莎士比亚和叶芝的发展是不同的，这给叶芝的情况更添了几分不寻常。对于莎士比亚，可以看出，他在创作诗歌的技艺方面有着缓慢却持续的发展，而他在中年创作的诗歌在他年轻时的诗歌中似乎早有痕迹可循。在最初几首练习之作后，每看到一首诗，你都会说："在他的那个发展阶段，这首诗的情感表达堪称完美。"一个诗人到了中年还能有所发展，还能找到新东西可说，而且说得同样好，这总有点不可思议。但叶芝的发展在我看来则有所不同。我不想让人觉得我认为他早期和晚期的作品就像由两个不同的人写成。在对他的后期诗歌有了深入了解后回头再看他早年的作品，首先会发现一点，在技巧上，虽然方法和习语总是一样的，却存在着缓慢而持续的发展。我所说的

"发展",并不是指他许多早期的诗歌就其本身而言写得不够优美。有一些诗歌,如《谁与弗格斯同行?》,在英语诗歌中堪称完美。但是,其中最好的、最著名的诗歌,都有一个局限性,它们单独看来是令人满意的,收入"选集"中,与他同期创作的其他诗歌并列,也令人满意。

很明显,我在使用"选集"这个词时带有一种特殊的含义。在任何一本选集里,你都能找到一些诗,它们本身就能使你感到完全的满足和愉悦,以至于你几乎不会好奇它们是出自何人之手,也不会想进一步研究这位诗人的其他作品。还有其他一些作品,不一定那么完美或完整,它们会让你无法抑制地好奇,想通过这位诗人的其他作品对他有更多的了解。当然,这种区别只适用于短诗,在这些诗中,一个人只能投入自己的一部分思想。看到一些这样的诗歌,你马上就会觉得写这些诗的人在不同的语境下,一定还有很多同样有趣的话要说。在叶芝早期诗集的所有诗歌中,我只在一两行的诗句里发现了一种独特的个性,能让人立刻兴奋地坐起来,渴望更深入地了解作者的思想和情感。叶芝个人强烈的情感经历几乎没有表现出来。我们有足够的证据证明他年轻时有着丰富的经历，但证据都来自他后期一些作品中的回顾。

我在早期的文章中曾称赞过我所谓的无个性艺术，可如果我因为叶芝的后期作品中个性洋溢而认为其很优越，我就显得有些自相矛盾了。可能是我表达得不好，也可能是我对这个想法的理解还不够成熟（我向来无法忍受重读自己的散文作品，所以我愿意把这个问题搁置起来），但至少我现在认为事实就是如此。所谓的无个性，有两种形式，一种是技艺纯熟的工匠天生的，另一种是艺术家在变成熟的过程中做得越来越好的。第一种是我所说的"选集"，是洛夫莱斯或萨克林或坎皮恩的一首抒情诗，而坎皮恩是比前两者都要优秀的诗人。第二种无个性是诗人的无个性，他们通过强烈的个人经验，能够表达普遍的真理，并保留其自身经历的所有特殊之处，使之成为普遍的象征。奇怪的是，叶芝在第一种情况下是一个伟大的工匠，而在第二种情况下，他则成为一个伟大的诗人。这并不是说他变成了另一个人。正如我已经暗示过的，人们可以肯定他在青年时代有着丰富的经历。的确，如果没有这种早期经历，他就不可能获得出现在他后来作品中的智慧。但他必须等到后期成熟后，才能找到方式来表达出自己早期的经历。我认为，这使他成为一位独特而特别有趣的诗人。

想想每本选集里的早期诗歌，"当你老了，白发苍苍，睡意沉沉"，或是1893年同一部诗集里的《死亡之梦》。这些诗歌美轮美奂，但只能算是工匠的作品，因为人们在其中感觉不到那种必须为一般真理提供材料的特殊性。到1904年诗集出版的时候，每一首美妙的诗篇都有了明显的进步，比如《徒劳的安慰》和《亚当的诅咒》。某种东西正在出现，当他开始作为一个特定的人说话时，他开始为人类说话。这一点在1910年诗集的《和平》这首诗中表现得更为清晰。但这一点直到1914年诗集的出版才得到充分的证明，在《责任》这篇充满暴力和恐怖的献辞中，有几句写得非常出色：

　　请原谅我，为了一场荒芜的激情，

虽然我已经快四十九岁了……

他在诗中提到年龄,可谓意义重大。用了大半生的时间,才能实现这种言论的自由。这是一次胜利。

叶芝还有很多东西需要完成,甚至是在技巧上也是如此。作为一群诗人中年轻的一员,当然其中没有一个人的地位可与他相比,他们在有限的道路上进一步发展,就会在一段时间内阻止一个人在语言风格方面的发展。拉斐尔前派的声望一定很高。《凯尔特的薄暮》时期的叶芝(在我看来,他更像是拉斐尔前暮色时期的叶芝)使用凯尔特民间传说,就像威廉·莫里斯使用斯堪的纳维亚民间传说一样。他的长篇叙事诗带有莫里斯的印记。的确,在拉斐尔前派阶段,叶芝绝不是拉斐尔前派中最无足轻重的诗人。也许我错了,但在我看来,《不满阴影的水城》这出戏,似乎是那一派朦胧而迷人的美最完美的表现之一。然而,它给我的印象是(很可能是我无礼了)描写了从肯辛顿一所房子的后窗看到的西海,是一个爱尔兰神话,交由凯尔姆斯考特出版社出版。当我试图想象剧中的说话者时，他们有着伯恩-琼斯笔下那些骑士、女士般迟钝而迷蒙的大眼睛。我认为他以罗塞蒂或莫里斯的方式描写爱尔兰传说的阶段充斥着混乱。直到他把爱尔兰传说作为自己塑造人物的工具，才算掌握了其中的要领，实际上要到他开始写《舞剧》的时候方可算起。问题是，在他越来越具有爱尔兰风格的同时，在表达而非题材方面，他也有了一些普遍的特征。

关于叶芝的进步，我有两点特别想说。第一，我已经谈到过，叶芝在中后期所进行的创作是伟大而永恒的榜样，未来的诗人应该恭恭敬敬地去学习，对此，我称之为艺术家的品格，这既是道德上的卓越，也是智力上的出众。第二，在我批评叶芝早期作品缺乏完整的情感表达之后，我自然要说一点，那就是叶芝是一位在中年十分出众的诗人。我这么说并非暗指他的诗作只适合给中年读者看，全世界用英语写作的年轻诗人对他的态度就足以证明事实正好相反。那么，从理论上讲，诗人的灵感或素材没有理由会在中年或衰老前失败。经历丰富的人每十年都会发现自己置身于一个不同的世界。当他以不同的眼光看待世界，他的艺术素材就会不断更新。但事实上，很少有诗人表现出这种适应时代的能力。的确，这需要非凡的坦诚和勇气来面对变化。大多数人要么紧紧抓住年轻时的经历不放，以致作品变成了对他们早年作品的虚伪模仿，要么把激情抛在脑后，只动脑写作，技艺空洞而荒废。还有另一种更坏的诱惑：想要变得有尊严，想要成为只在公众面前存在的公众人物，衣帽架上挂满了装饰物和荣誉，所做、所言，甚至所思、所感，都是他们认为公众期望的样子。叶芝不是那种诗人，也许正是出于这个原因，年轻人才会比老年人更容易接受他后期的诗歌。在年轻人看来，他这样一个诗人在他的作品里能永远保持最好意义上的年轻，甚至在某种意义上，尽管他的年龄会增长，他却会变得年轻。但对老年人而言，除非他们对诗歌中所表达的诚实有所触动，否则这样揭示一个人的真实面目和现状，只会让他们感到震惊，他们拒绝相信自己亦是如此。

在我暮年时，欲望和愤怒作祟，

你觉得这可怕至极,

而在我的青涩年华,它们并不是祸害。

还有什么能激励我歌唱?

这几句诗词叫人印象深刻,却令人不太愉快。最近,一位我平时很尊敬的英国评论家批评了这种情绪。但我认为他对这些诗词有所误解。我并不将其视为一个与众不同之人的自白,我反而觉得这个人与大多数人在本质上是相同的,唯一的区别是更透彻、更坦诚、更有活力。对一个坦率而又有一定年纪的人来说,这些伤感的情绪怎么会是完全陌生的呢?它们可以被宗教制服和控制,但谁能说它们彻底消失了呢?只有那些遵从拉罗什富科格言的人:"当恶习离开我们时,我们相信是我们离开了它们。"叶芝讽刺短诗的悲剧都在最后一行。

同样,戏剧《炼狱》也不太令人愉快。我自己也对这部戏的某些方面喜欢不起来。真希望叶芝没有起这个标题,因为我接受不了一个没有暗示,至少没有强调炼狱的炼狱。但是,除了他非凡的戏剧技巧(把这么多的情节放在一个非常短的场景中,但几乎没有动作),这部戏对一个老人的情感进行了精妙的描绘。我认为我刚才引用的讽刺短诗在我看来和《炼狱》一样具有戏剧意义。抒情诗人可以为所有人代言,或者说,他们代表与其截然不同的人说话。而叶芝总是抒情的,即使是在创作戏剧的时候。但要做到这一点,他必须暂时能够让自己与每个人或其他人产生共鸣。正是他的想象力让一些读者误以为他是在为自己说话,只是在谈论他自己,尤其是当他们不希望被牵连的时候。

我不想只强调叶芝的晚期诗作这一个方面。我想提请大家注意诗集《回旋楼梯》中那首美丽的诗《纪念艾娃·戈尔-布斯和马克维奇伯爵夫人》,在诗作的开头,叶芝是这样描述的:

> 两个穿着丝绸和服的女孩,
> 一对可人儿,一个像瞪羚,

第二句给人带来了很强烈的冲击:

当枯槁苍老,骨瘦如柴,

还有《库尔庄园》,一开始是这么写的:

我默想着,燕子的飞翔,
我默想着,老妇人和她的家。

在这样的诗歌中,人们感到青春最活泼、最令人向往的情感被保存下来,以便在回顾时得到充分而适当的表达。老年的有趣感受不仅有所不同,还融合了青春的情怀。

叶芝在戏剧诗中的进步和他在抒情诗中的进步一样有趣。我说他是一位抒情诗人(而在某种意义上,我不应该认为自己也是抒情诗人),我指的是一种特定的情感选择,而不是特定的格律形式。但是,抒情诗人没有理由不能同时当戏剧诗人。在我看来,叶芝就是那种抒情剧作家。他花了许多年才发展出适合他天赋的戏剧形式。当他最初开始写戏剧时,诗剧指的是用无韵诗写的剧本。无韵诗很长一段时间以来一直是一种死气沉沉的韵律。我现在不可能详细说明所有的原因,但很明显,被莎士比亚处理得如此出色的一种形式也有它的缺点。如果你正在写一部与莎士比亚相同类型的戏剧,那么回忆则令人压抑。可如果你写的是另一种类型的戏剧,它就会让人分心。此外,由于莎士比亚比他之后的任何剧作家都要伟大得多,无韵诗很难与十六、十七世纪的生活分离开来,它很难捕捉到今天人们说英语的节奏。我认为,要把普通无韵诗这样的东西重新建立起来,很可能要经历一段很长时间的偏离,而在这个过程中,它将从时代联想中解放出来。在叶芝创作早期戏剧的时候,不可能用其他任何东西来创作诗剧,这不是对叶芝本人的批评,而是一种断言,即诗歌形式的变化是在某个特定时刻发生的,在其他时刻则不行。包括《绿头盔》在内,他早期的诗剧是用一种不规则的押韵方式创作而成的,一行有十四个音节,里面有很多美好之处,至少,它们是那个时代最好的诗剧。即使在其中,我们也注意到了诗韵中不规则性的发展。叶芝并没有发明新格律,但他晚期戏剧中的无韵诗向这种格律迈进了一大步。最令人惊讶的是,他在《炼狱》中完全放弃了无韵诗。他在晚期一些戏剧中使用的一种非常成功的方法是抒情幕间乐曲韵律。但另一个重要的提升原因在于逐渐清除了诗意的装饰。这也许是现代诗人创作诗剧过程中最痛苦费力的部分。提升的过程是向着越来越质朴无华的方向前进的。优美的诗句本身就是一种奢侈,即使对一个娴熟掌握戏剧技巧的诗人来说也是危险的。我们所需要的美不应存在于诗句或孤立的段落中,而应融入戏剧的肌理。因此,你很难说究竟是诗词赋予戏剧以富丽堂皇,还是戏剧使文字变成了诗歌。《李尔王》中最激动人心的台词之一就很简单:

永不,永不,永不,永不,永不!

但是,除非知道上下文是什么,不然你怎么能说这行话是诗,甚至是还算合格的韵文呢?在四部舞剧,以及其去世后出版的诗集中的两首诗中,叶芝对其诗歌的净化表现得更为明显。事实上，在这些作品中，他找到了自己正确且最终的戏剧形式。

也正是在"舞剧"的前三部中，他展示了自己处理爱尔兰神话的内在方式，而这与外在方式形成了鲜明的对比，关于这一点，我之前也说过。在早期的戏剧中，正如他的早期的诗歌一样，我觉得他把传说中的男女主人公当作来自不同世界的生物，就像我们对传说的尊重一样。而在他晚期的戏剧中，他们就是普通的男人和女人。也许我不应该把《骸骨之梦》归入这一类，因为迪尔米德和德沃吉拉是现代史上的人物，而不是史前人物。但为了支持我刚才的论点，我想说，在这部戏剧中，这对恋人具有但丁笔下保罗和弗朗西斯卡的那种普遍性，这是年轻的叶芝所不能给予他们的。《鹰之井畔》中的库丘林，《伊美尔唯一的嫉妒》中的库丘林、伊美尔和恩雅，也是如此。描写神话题材，并非因为其本身，而是将其作为一种具有普遍意义的情境载体。

在这一点上，我发现我给人留下的印象可能与我的愿望和信念相反，那就是叶芝早期的诗歌和戏剧可以忽略,只看他后期的作品即可。不能如此泾渭分明地区分一位伟大诗人的作品,即便这样积极的人格和单一的目的是持续存在的,因为不去研究和欣赏他的早期作品,也就不能理解或适当地欣赏他后期的作品。后期作品又一次照亮了早期的作品,并向我们展示了我们以前没有意识到的美和意义。我们还必须考虑到历史条件。正如我上面所说的,叶芝出生在一个文学运动的末期,而且还是英语文学运动,只有那些辛苦钻研语言的人才知道摆脱这种影响需要付出多大的努力和坚持。然而,另一方面,一旦熟悉了较老的声音,我们甚至可以在叶芝最早出版的诗歌中听到这些声音的单个音调。在我年轻的时候,诗歌似乎没有立即产生伟大的力量——既可以有所助益也可以实施阻碍,既可以让你从中获益也可以让你加以反抗,但我能理解另一种情况的困难,以及任务的艰巨。另一方面,对于诗剧,情况正好相反,叶芝一无所有,而我们有叶芝。他开始写戏剧的时候,当代生活的散文剧似乎已经大获全胜,而至于未来如何,还不得而知。当时,滑稽轻闹剧只涉及都市生活的某些特权阶层，严肃戏剧倾向于轻描淡写一些短暂的社会问题。我们现在可以开始看到，即使是他早期不完美的尝试，比起萧伯纳的戏剧，也可能成为更为永恒的文学，他的戏剧作品作为一个整体，可以证明是更有力地抵御了沙夫茨伯里大街流行的庸俗城市戏剧，他是坚决反对这种庸俗作品的。就像他从一开始创作和思考诗歌时，是要人们读出来而不仅仅是印刷出来的一样，在创作戏剧时，他总是想写剧本供人表演，而不仅仅是供人阅读。我认为，他更在意的是把戏剧作为一个表达民族意识的宣传工具，而不是作为他获得名声或成就的手段。我深信，只有本着这种精神为它服务，才有希望用它完成任何值得做的事情。当然，他有一个巨大的优势，说起这个优势，并不会剥夺他的任何荣耀，那就是他有很多同行人，他所在的民族具有天生且未受到破坏的语言和表演天赋。要把他为爱尔兰戏剧所做的和爱尔兰戏剧为他所做的区分开来是不可能的。从这一优势出发，诗剧的观念得以延续，而其他方面则都被埋没了。我不知道作为一个剧作家，我们对他的亏欠到什么时候才会结束，随着时间的推移,这种亏欠不会有完结的一天,除非戏剧走到了尽头。在他偶尔写的戏剧主题的文章中,他提出了一些我们必须坚持的原则,比如诗人高于演员,演员高于布景画师,原则在于戏剧虽然不必只与俄国狭隘意义上的"人"有关,但必须是为人服务,若要恒久流传,必须关注基本局势。他出生在一个"为艺术而艺术"的理论被普遍接受的世界里,艺术被要求服务社会,但他坚持正确的观点,不以任何方式做出妥协,表示一个艺术家全心全意为艺术服务,同时也可以为自己的国家和整个世界提供他能做到的最好的服务。

不一定完全赞同才可以赞美。我也不掩饰这样一个事实,即叶芝的思想和感情中有我无法感同身受的方面。我这样说只是为了表明我对自己的评论所设定的限度。分歧、反对和抗议的问题出现在学说领域,这些都是至关重要的问题。我所谈论的仅仅是诗人和剧作家——如果他们可以单独存在的话。从长远来看,他们不可能被完全孤立。总有一天,我们一定会对叶芝的全部作品进行全面而详尽的审视,也许这需要更长远的眼光。有些诗人的诗或多或少可以单独来看待，从而得到体验和乐趣。还有一些诗人，他们的诗歌虽然给人同样的体验和愉悦，但具有更大的历史重要性。叶芝就属于后者。像他这样的人并不多，他的历史就是他们那个时代的历史，他是一个时代意识的一部分，不了解他们就了解不了那个时代。这对他而言是很高的评价，但我相信他名副其实。

詹姆斯·乔伊斯 |1882—1941

解读詹姆斯·乔伊斯

1882年,詹姆斯·乔伊斯出生于都柏林。他在爱尔兰的耶稣会学校接受教育,后来在巴黎和欧洲其他地方继续求学。除了晚年去过英国几次外,他成年后基本上都居住在欧洲大陆。他在的里雅斯特的一所语言学校当过几年英语老师,以此谋生,当时的里雅斯特是奥地利的一部分。他在语言方面很有天赋,在巴黎读书时他学过法语,在的里雅斯特他掌握了流利的德语和意大利语,而在家期间,直到生命的尽头,他都和孩子们说意大利语。后来在瑞士,他学会了说一两种瑞士德国区的方言。他在耶稣会受教育期间熟练掌握了拉丁文,此外,他还能看懂其他语言文字。

我之所以强调他对语言和文学的兴趣，原因在于他对文字的强烈兴趣，以及他对欧洲语言的广泛了解，有助于理解他后来的作品。

在上一次战争[1]初期，他从的里雅斯特迁居瑞士，战争结束后，他带着家人搬到了巴黎，在那里安家，度过了余生。1940年中期以后，他很少出现在世人的视线中，再后来我们听说的便是他在瑞士去世的噩耗。在他的一生中，他一直遭受着一种非常严重的眼疾的折磨，这种病时常让他痛不欲生，有时甚至几乎完全失明。苏黎世一位著名的眼科医生给他做过几次手术。我猜测，他之所以再去瑞士，是因为旧病复发。

我强调他的眼疾和由此导致的视力受损，不仅因为这是他的传记中记载的事实，还因为在我看来，这对他后来的写作产生了影响。乔伊斯是一个非常善于交际的人，可他经常要去那些他能得到最好治疗的地

---

[1] 根据相关资料，詹姆斯·乔伊斯1915年搬迁至瑞士，时值第一次世界大战初期。——编者注

方,而且一去就是很久,这意味着他必须与社会隔绝。他还是个善于观察的人,可视力受损剥夺了他的视觉体验,从这一点可知为什么他在自己所有的主要作品中都借鉴了他青年时代在爱尔兰的回忆。但一个人眼睛不好使,他还有耳朵能听。我们可以在乔伊斯和约翰·弥尔顿之间找到相似之处。他们都失去了视力,不得不让别人读书给他们听。他们两个都精通乐理。乔伊斯有一副好嗓子,还受过歌剧训练,如果他没有选择文学这条路,肯定会成为一名职业歌手。伟大的音乐天赋与失明同时出现在一个人身上,这使得二人后期的作品对读者的耳朵具有极大的吸引力,但给读者用眼睛看的东西却很少。乔伊斯的最后一本书必须大声朗读出来,且朗读者最好是爱尔兰人。而且,正如他制作的那张黑胶唱片所证明的,其他人,哪怕是爱尔兰人,也不能像乔伊斯本人读得那么好。这就施加了限制,导致世人过了很久才能欣赏他的最后一本书,并沉浸其中。

让乔伊斯声名鹊起的四本重要著作分别为《都柏林人》(短篇小说集)、《一个青年艺术家的肖像》、

《尤利西斯》和《芬尼根的守灵夜》。此外，他还创作了不多的抒情短诗和散文剧《流亡者》。《流亡者》这部作品谈不上成熟，我从未看过这部戏上演，因此无法判断它的戏剧价值。但我认为，这本书让人感兴趣的地方主要在于，它证明了乔伊斯在年轻时深受易卜生戏剧的影响。他热爱易卜生，还去学习了挪威语，以便阅读这位作家的原文剧本。在我看来，他创作这部戏，并非出于对戏剧艺术的持久兴趣，而是想要模仿易卜生。这些诗简洁、优美、传统，而且技巧出众，只有把抒情诗想象成音乐的人才能写出这样的作品。这出戏和这些诗都没有显示出什么伟大的独创性。在《都柏林人》中，他作为作家的才能第一次显露出来。

我提到了他的四本重要著作，现在有必要分别谈一谈。需要先读前两部才能理解第三部，读过了第三部，才能弄明白第四部。《都柏林人》是最容易理解的，是一本关于都柏林生活和爱尔兰人物的短篇小说集，也可以说是他们的概述。有些情节是乔伊斯小时候的所见所闻，有些是对人物的客观描绘。文风基本上算是简单、质朴、直白:乔伊斯研究了十九世纪伟大的法国小说家和短篇小说作家。他的作品带有现实主义风格,而这种风格在上次战争前的英国作品中极为罕见,还是一个爱尔兰人对爱尔兰生活的独特描述。质量最好、篇幅最长的一篇名为《死亡》。但使他出名的是他的下一本书——《一个青年艺术家的肖像》。这本书的大部分内容是在他住在的里雅斯特时完成的,正如书名所示,它讲述了他在都柏林的童年和少年时期,他的学生时代,他的情感和智慧的发展经历,他对宗教的怀疑,以及他与那些认为他可能成为牧师的牧师进行的讨论,以及他最终决定独自去寻找适合自己的职业,自愿放逐他国。作为一个记录,它非常感人,却远不只于此。这是他首次实现高度原创的写作风格,说出了许多其他作家没有说出来的东西,省略了许多其他作家认为有必要写进去的细节。这是一种既朴实又简单的风格,具有极为强烈的诗意和启发性。乔伊斯对英国文学有着渊博的知识,而且记忆力极强。他学习并吸收了许多风格。《一个青年艺术家的肖像》中存在着影响他的作家的痕迹,这些作家包括乔纳森·斯威夫特、枢机主教纽曼和沃尔特·佩特。同时，作为一个爱尔兰人，他比大多数英国作家更脱离英国的写作传统，使用的是欧洲标准。此外，他还是一名罗马天主教徒，有着耶稣会学校特有的精神纪律，这使他与英国传统进一步隔绝。他是罗马天主教徒，后来放弃了自己的信仰，他继承了欧洲的传统，却也反叛了欧洲传统。

此外，在《一个青年艺术家的肖像》中，他第一次获得了一种普遍性，而这种普遍性在《都柏林人》中只有一些痕迹而已。他对自己的描绘同时也是对一般青少年的描绘。这就是他的方法。他有着强烈的自我中心人格。他并不是通过对他人的直接兴趣和同情来创作小说的，而是通过扩大自己的意识来包容他人。在他的下一本书中，他创造了伟大的人物利奥波德·布鲁姆，尤利西斯就是他的象征。但他是通过介绍自己来做到这一点的，就和《一个青年艺术家的肖像》中的主人公斯蒂芬·德达勒斯一样，此外，他把布鲁姆塑造成了一个与自己相反的人。

《尤利西斯》是他的第三部重要著作，也是他最著名的作品,他写这本书花了很长时间,在出版前,人们就这本书进行了很长时间的讨论。该书在1922年出版,立即成为整整十年里最受关注的书。它的恶名在一定程度上是因为以前从未有过这样的书。它所使用的词语,以前从未在体面的印刷品上出现过,它所描写的场景,无论是现实生活中还是想象的人物,都是以前从未描写过的。但那些有判断能力的人都清楚,这是一本革命性的旷世巨著。这是一本大部头的书,但它描述的是某些人物在都柏林的一天生活所遇到的种种事件。它分为十二部分,每一部分都以不同却十分适当的风格写成,每一部分都对应荷马所著《奥德修纪》的一部分。荷马笔下的主人公经历了历时十年的冒险,乔伊斯笔下主人公的冒险都在一天内发生。当我第一次读这本书的时候,它对我来说,就像对几乎所有人一样,是一次非凡的经历,但读起来却很难。十年后,我又把它从头到尾读了一遍,却丝毫没有倦意。现在在我看来,读这本书一点也不困难。有一种情况经常发生:对于任何真正新颖和原创的艺术作品,仅仅因为是对它不熟悉,才使得它显得难以理解，等到我们说终于对其有了了解，我们的意思其实不过是在表示我们只是看惯了而已。

《尤利西斯》是一部划时代的作品，极为重要，以至于人们怀疑乔伊斯是否还能写别的作品，或者他有没有做过这方面的尝试。当《芬尼根的守灵夜》的某些章节开始出现在巴黎的一份期刊上时，其内容看起来是如此疯狂和难以理解，以至于除了乔伊斯最忠实的崇拜者外，所有人都说他写得不知所谓。当整本书在1939年出版时，这本很长的书并没有像《尤利西斯》那样给人留下深刻的印象。大多数人觉得它读起来太麻烦了，而且宁愿相信它不值得人们这么费力去读。必须费尽九牛二虎之力，才能适应那些独特的习语和从十几种语言中发明出来的奇怪词汇。即使要向你们介绍他的写作风格，也需要很长时间，我今天肯定说不完。要解释如何阅读这本书，（需要）讲上十几次才够。此外，我觉得自己也没资格做这样的介绍。我只想说，我相信它至少和《尤利西斯》一样伟大，而且确实是一部巨作。我特意花时间谈及他的早期作品，是因为这是必经之路。在读过《尤利西斯》

之前，不要试图去读《芬尼根的守灵夜》。除非你发现自己喜欢《一个青年艺术家的肖像》，那么再去看《尤利西斯》也不迟。而且要先读《都柏林人》。乔伊斯不仅是我们这个时代的伟大作家，还是整个欧洲文学的伟大作家。只有通过我提到的办法，才能了解他的作品。

Ⅲ 关于文学评论的思考

T. S. 艾略特 |1888—1965

文学评论的功能

在完成《标准》第一卷后,有必要对文学评论的目的进行界定,或许还可以为其辩护一番。在我们这个时代,对完美文学的追求,以及对文学和艺术本身的痴迷,都是攻击的对象,而且这种攻击不再打着"道德"的名义,而是用一个更加阴险的口号,那就是"生活"。我说这"更为危险",毕竟,哪怕是在最坏的情况下,"道德"这个词也代表着某种秩序或制度,即使是坏的秩序或制度。然而,"生活"的意义要模糊得多,因此也就更有可能有失诚实,还很可能仅仅是混乱的象征。然而,那些断言"文学"(指的是只能吸引一小群挑剔公众的文学)与"生活"之间存在矛盾的人,不仅是在奉承受教育程度不高的人的自满情绪,还是在主张一种无序的原则。

当然,文学评论的功能不是为小圈子的闲谈提供素材,也不是为了避免这种吸引力。文学评论应该在文学中坚持原则,这些原则在政治和私人行为中也会产生影响。它应该在坚持这些原则的同时,不能容忍将纯文学的目的与政治或伦理的目的相混淆。

在普通人的思维中,一切利益都是混乱复杂的,每一种利益都因这种混乱而有所削弱。一旦出现混淆,就不能产生联系。在普通人的头脑中,任何专门的活动都被认为是脱离生活的东西,是令人讨厌的任务,或者是官员政要们的消遣。要维持每一项人类活动的独立自主和公正无私,并将其与其他活动联系起来,需要相当多的纪律。文学评论的功能在于保持文学的自主性和中立性,同时展示文学与事物的关系,不是和与文学相对立的"生活"的关系,而是与所有其他活动的关系,这些活动与文学一起,都是生活的组成部分。

文学评论的思想

文学评论得以存在，需要的不仅仅是正当的理由。仅仅列出一份优秀的促成因素清单是不够的，仅仅对优秀文学作品的传播表示诚挚的热情是不够的，仅仅定义一个"政策"是不够的。最基本的先决条件是确定文学评论要尝试的任务，以及可能占据的位置，还要定义其性质和功能。事实证明，许多被称为"文学"的评论和期刊都是有缺陷的，与其说是它们未能实现自身的目的，不如说是它们未能清楚地构思这些目的和可能性。因此，与其他评论相比，本文关注的不是《新标准》的观点，而是一般文学评论的定义，以及"文学"一词在这种期刊中的准确应用。

T.S.艾略特（左）和维吉尼亚·伍尔夫（右）

"文学评论"有两对对立的错误。它的错误可能在于促成因素的选择上过于全面，或者过于狭隘。它的错误还可能在于包含了太多的材料，代表了太多的利益，而这些利益不是严格意义上的文学，或者另一方面，它也可能过于拘泥于狭隘的文学概念。很明显，大多数文学期刊都会出现这四种偏差之一，为方便起见，我将称其为1（a）和（b），以及2（a）和（b）。一份期刊有可能出现每对错误中的一个。

1（a）。如果一篇评论的内容仅仅是由编辑认为的"好东西"组成，那么它显然就具有一种混杂的性质，除了微弱地反映出了编辑的软弱特性之外，没有任何其他的性质。我并不反对承认其混杂的性质，况且这类出版物也有自己的一席之地，但它们不是文学评论。一篇仅仅依靠编辑对"好"和"坏"的模糊判断的评论，显然不具备评价的价值。文学评论应当是一种分类评注机制。也就是说，十年的精装本应该代表十年来最敏锐的情感和最清晰的思想的发展。即使是一期，也应该在其限制范围内试图说明时代和时代的趋势。它的价值应该超过个人贡献的总价值。它的内容应该表现出差异，聪明的读者自会划分顺序。因此，当前《新标准》的明显差异并非没有计划，至少是有意为之。

1（b）。杂七杂八的评论是负面有害的。若文学评论只宣扬某个人的观点或一小群人的观点和幻想，显然更令人讨厌。在行动领域，在政治或神学的争论中，只要一小群人，甚至一个领导人，都可能完成有用的工作。但在思想的世界里，没有人，也没有任何小团体足够优秀或足够聪明，值得这样的许可。救世主式的文学已经够多了。

从上面所说的看来，理想的文学评论将取决于编辑、合作者和偶尔的贡献者之间的良好配合。这种配合必须以一种"倾向"而不是"计划"的方式进行。计划很脆弱，越是教条就越脆弱。编辑或合作者可能会改变主意，进而爆发内部不和，如此一来，计划或这一小群人就走到了尽头。但倾向就可能持续存在，除非编辑和合作者不仅转变了思想，连个性也改变了。编辑和合作者可以自由地表达他们的个人意见和想法，只要还保留着共同的倾向，在这种情况下，许多偶然的贡献者,哪怕是无关甚至敌对,都可能会取代他们的位置,抵消任何狭隘的宗派主义。

2(a)和(b)。对于第二种困境,即过于笼统或过于严格的"文学",解决方法在于对"文学"一词提出可行的概念。一个主题所包含的内容过于广泛是错的,类似于不加选择地加入贡献者,而不做进一步说明。把文学评论的文学性变得过于狭隘,其弊端不那么明显。相反,许多读者批评《新标准》不够文学。但我曾亲眼见过几家纯文学期刊创刊又倒闭。至于个中原因,我要说的是,孤立文学的概念,就是在破坏文学的生命。这不仅是因为没有足够的优秀文学作品,甚至是优秀的二流文学作品,来填补任何评论的篇幅,又或者,在一篇纯粹的文学评论中,天才的作品可能与拙劣模仿其风格的仿品并列出现。更深刻的反对是不可能定义边界,或限制"文学"的背景。即使是最纯粹的文学也是由非文学来源滋养的,并产生非文学的后果。纯文学是一种感觉的幻觉。承认一种思想的痕迹,那这种思想就已经改变了。

因此,我们必须接受这样一个模糊但叫人相当满意的概念，即文学是特殊感觉和知觉、一般情感和非个人思想的美好表达，仅仅是我们活动的中心。写一篇文学评论，不只是要写文学，还要包括有文学品位的聪明人所写的趣味话题。我们不会吸纳不相关的信息、技术和趣味有限的主题，或当前政治和经济争议的主题。除了"创造性"工作和文学批评之外，我们还必须吸纳任何对一般思想起作用的材料，如历史、考古学、人类学，甚至更具技术性的科学的当代工作的成果，这些成果对一般文化的人很有价值，并为他们所理解。在这样一种结构中，我们必须吸纳（这句话应该是多余的）与我们自己的作品同等水平的欧洲大陆作家的作品，尤其是那些在英国应该为人所知的作家，而不是那些作品在这里已被接受的作家。在这里，就像选择作家一样，我们的包容性必须做到有序和理性，切忌差异过大，混杂无序。最重要的是，文学评论必须保护其公正无私，必须避免诉诸任何社会、政治或神学偏见的诱惑，而这样的文学评论可以被称为对一般思想的评论，只是这样的称呼强调的是以牺牲感觉和情感元素为代价的智慧。

这就是我认为适用于任何文学评论的原则。除了《新标准》之外,许多其他的评论可能会在这些原则的基础上形成。至于《新标准》,我已经表达了我对提出任何计划或建立任何平台的厌恶。然而,通过说明"倾向"的概念来进行阐述,可能不会出差错。在此,读者必须加以警惕。即使是在表明一种倾向,并且远非制订一个计划时,我也必须伪造。我不得不用个人倾向来代替那些非个人且存在于外部世界的倾向。但是,这种进退两难的处境是避免不了的,读者必须做出自己相应的保留和推论。我相信,由于缺乏更好的名称,我们可以称现代倾向是趋向于古典风格。我使用这个词时还有些犹豫,因为它几乎只是一个类比,我们必须小心翼翼地防止用早已消亡的秩序法则来衡量现存的艺术和思想。艺术既反映灵魂一时的状态,也反映灵魂永恒的状态。不能完全用过去或我们认为的未来来衡量现在。然而,有一种倾向,甚至在艺术中也可以感受到这种倾向,那便是趋向于一种更高更清晰的理性概念,以及一种更严格更平静的理性对情感的控制。如果这接近甚至暗示了古希腊的理想,那就更好了,但其中必然有着很大的不同。下面我将提到几本著作,其中一些并非最近成书,它们在我看来便是这种趋势的例证。

《论暴力》,乔治·索雷尔著;《智慧的未来》,查尔斯·莫拉斯著;《贝尔芬格》,朱利安·班达著;《推测》,T.E.赫尔姆著;《论智慧》,雅克·马里坦著;《民主与领袖》,欧文·白璧德著。任何熟悉两本以上这些书的人都会理解我为何会使用"倾向"一词,因为理论和观点是截然不同的。还有一组著作与这一组著作相对。很凑巧的是,这些书都是我最近才收到的,在我看来,它们代表了已经消亡的那一部分。

《克里斯蒂娜·阿尔伯塔的父亲》,H.G.威尔斯著;《圣女贞德》,萧伯纳著;《我的信念》,伯特兰·罗素著。(我很抱歉把罗素先生的名字写在这里,即使在十三世纪,他的智慧也达到了一流的水平,但当他涉足数、理、哲学之外的领域时,往往差强人意。)在这些作家之间,就像在其他作家之间一样,存在着许多巨大的差异,他们都有自己的高光时刻。在小说中，威尔斯先生一度从粗俗不堪转到高度严肃。在长篇戏剧系列中，萧伯纳有两次（也可能更多）将自己塑造为一个在青春期发展受阻的艺术家。但他们都持有奇特的业余爱好，而他们的痴迷显然是基于业余的或间接得来的生理习性，还基于《众生之路》。他们都表现出受情感支配的智慧。的确，他们都有自己的信仰。有些人出生和成长的条件与我们不同，也许这些环境更艰难，也可能更顺遂，而对他们的信仰，我们不应该嘲笑。但是我们必须找到我们自己的信仰，找到后就为之奋斗，战胜其他一切。说到这里，对倾向一事，我就不再做赘述了。

T. S. 艾略特 |1888—1965

什么是经典?

我选择的主题是一个问题:"什么是经典?"这个问题并不新鲜。例如,圣伯夫有一篇著名文章就是这个标题。提出这个问题,特别是涉及维吉尔的时候,其针对性是显而易见的:无论我们做出怎样的定义,都不可能把维吉尔排除在外,因此,我们可以自信地说,一定要明确地把维吉尔考虑在内。但在我继续讲下去之前,我想消除一些偏见,还要预先谈及一些误解。我的目的不是要取代或取缔早已存在的"经典"一词的用法。这个词在不同的语境中有不同的含义,以后也将如此。我关心的是一种语境中的一种含义。在以这种方式定义这个术语时,我并没有迫使自己未来不以任何其他方式使用这个术语。举例来说，如果在将来的某个场合，有人发现我在写作、公开演讲或谈话中，使用"经典"这个词来表示任何语言的普通作者，使用它来代表一个作家在他自己的领域里很伟大、名垂青史并且非常重要，就比如我们说《圣多明我的中学五年级》是经典的学生小说，《汉德利岔道》是经典的狩猎小说，那么，任何人都别指望我会道歉。有一本非常有趣的书叫《经典指南》，这本书会教你如何挑选德比马赛的冠军马。在其他情况下，我允许自己用"经典"这个词来形容所有的拉丁和希腊文学，或是使用这两种语言的最伟大的作家，具体是哪一种，要看我当时在谈论什么话题。最后，我认为我在这里所说的经典，应该不涉及"经典"和"浪漫"之间的对立。这两个术语属于文学政治领域，因此激起了激情之风，而我要求风神埃俄罗斯把它放在风袋里。

这就引出了我的下一个观点。根据经典和浪漫的争论，称任何艺术作品为"经典"，要么意味着最高的赞美，要么意味着最轻蔑的辱骂，具体如何则取决于你站在哪一边。它意味着某种特殊的优点或缺点，要么是完美的形式，要么是绝对零度的冷淡。但我想定义一种艺术，并不关心它在任何方面绝对比另一种艺术好或差。我将列举一些我期望经典表现出来的品质。但我并不是说，如果一种文学是伟大的文学，那就必须有一个作者或一个时期表现出了所有这些品质。如果像我认为的那样，这些特质都能在维吉尔身上找到，那就不能断言他是有史以来最伟大的诗人，对我来说，这样断言任何诗人都是没有意义的，当然也不能断言拉丁文学比其他任何文学都伟大。如果某种文学中没有一个作家或一个时期可被视为经典，也不必认为这是缺陷。或者像英国文学那样，最接近经典定义的时期并不是最伟大的时期。我认为那些文学可能更丰富，其中英国文学是最杰出的文学之一，经典品质分散在不同的作者和不同的时期。每种语言都有自己的资源，也有自己的局限性。一种语言的条件，以及说这种语言的人的历史条件，可能会使人们对一个经典时期或一位经典作家的期望变得无可争议。这件事本身既不值得遗憾，也不值得庆贺。罗马的历史是这样的,拉丁文的特点是这样的,在某一时期有可能出现一位独特的经典诗人:不过我们必须记住,要他用自己的材料写出经典作品,需要付出一生的努力。当然,维吉尔不可能知道他就是这么做的。他敏锐地意识到自己在尝试做什么,如果有哪个诗人能做到这一点,那就非他莫属。有件事是他无法下定决心去做的,或者说他不知道自己在做的,那就是创作一部经典:毕竟因为只有在事后,而且是从历史的角度来看,一部经典才能被称为经典。

如果有一个词是我们可以修正的,而这个词可以最大限度地表达我所说的"经典"的意思,那就是"成熟"。我将区分哪些是像维吉尔这样的普遍经典,哪些是只有在与其他文学的语言或特定时期的人生观相联系时才算得上的经典。只有当文明成熟了,经典才会出现,这个时候,语言和文学都成熟了,经典必须是成熟头脑的结晶。正是这种重要的文明和语言,以及诗人个人全面的思想,赋予了这种普遍性。要给成熟下定义,而不假定听者已经知道它的含义,这几乎是不可能的。那么可以这样说,如果我们不光完全成熟，还受过教育，我们就能认识到一种文明和一种文学是否成熟，就像我们能看出遇到的人是否成熟一样。要让不成熟的人真正理解成熟的意义，甚至接受成熟的意义，也许是不可能的。但是，如果我们成熟了，我们要么马上就能认出成熟，要么在更亲密的交往中才知道成熟。例如，莎士比亚的读者随着自己的成长，不会认识不到莎士比亚思想的逐渐成熟。即使是一个不太成熟的读者也能看出，从都铎王朝早期的粗俗到莎士比亚的戏剧，伊丽莎白女王时代文学和戏剧从整体上实现了迅速发展，并看出在莎士比亚之后，作品开始日渐式微。稍作了解，我们还可以观察到，比起莎士比亚在同年龄时写的戏剧，克里斯托弗·马洛的戏剧表现出了更成熟的思想和风格。如果马洛活得和莎士比亚一样长，那么猜测他是否会以同样的速度继续变得更为成熟，肯定是一件趣事。我对此表示怀疑，因为我们观察到有些人的头脑比其他人成熟得早，我们还观察到，那些成熟得早的人并不总能实现长远的发展。我提出这一点是为了提醒大家。首先，成熟的价值取决于成熟之物的价值。其次,我们应该知道,什么时候我们关注的是作家个人的成熟,什么时候关注的是文学时期的相对成熟。一个思想比较成熟的作家,可能属于一个较不成熟的时期。因此,在这方面,他的作品将不那么成熟。一种文学的成熟反映了产生这种文学的社会的成熟,一个作家,尤其是莎士比亚和维吉尔,可以为发展自己的语言做很多事情,但不能使这种语言成熟,除非前辈们已经做好了准备,只等他画上最后一笔。因此,成熟的文学背后会有一段历史,这段历史不仅仅是编年史,是各种手稿和作品的积累,还是一种语言在自身局限性内实现自身潜力的有序而无意识的进步。

应当指出,社会和文学就像人一样,并不一定在每个方面都同时实现同等程度的成熟。在某些方面,与普通儿童相比,早熟的儿童往往显得很幼稚。英国文学有哪个时期可以被称为完全成熟,并实现了全面的平衡?想来并没有。而且,我也不希望如此,对此,我稍后还会再次提及。我们不能说任何一位英语诗人在其一生中比莎士比亚更成熟,我们甚至不能说任何一位诗人做出了很大的贡献,使英语能够表达最微妙的思想或最细腻的情感。然而，我们不由自主地认为，像康格里夫的《如此世道》这样的戏剧在某种程度上比莎士比亚的任何一出戏都要成熟。但它只在这方面反映出了一个更成熟的社会，也就是说，它反映了一种更成熟的风尚。从我们的角度来看，康格里夫所描写的社会，已经足够粗俗和野蛮了，然而它却比都铎王朝的社会更接近我们的社会，也许正因为如此，我们对它的评价才更严厉些。然而，这样一个社会更文雅，也没那么守旧偏狭。他们的思想比较浅薄，感情受到的制约更深，在一些方面无法实现成熟，却在其他方面达到了成熟。因此，除了思想的成熟外，我们还必须加上举止的成熟。

我认为，语言走向成熟的过程在散文的发展中比在诗歌的发展中更容易被人认识到，也更容易得到承认。在分析散文时，我们很少分心去琢磨个体在伟大程度上的差异，而更倾向于要求接近一个共同的标准，一个通用的词汇和一个通用的句子结构。事实上，往往是那些与共同标准差距最大的散文，即极端的个体，我们常常称之为"诗化散文"。在英国已经在诗歌方面创造奇迹的时候,他们的散文相对来说还不成熟,或者说在某些方面发展得足够成熟,但在其他方面不够成熟。与此同时,当法语没有给诗歌带来像英语那样伟大的希望时,法国散文则比英国散文成熟得多。只需要将都铎时期的作家与蒙田进行比较就可以了。作为一名文体家,蒙田本人只是一个先驱,他的风格还不够成熟,不足以满足法国人对经典的要求。我们的散文已经准备好应付一些任务,但在其他任务上则要延迟一些。马洛礼先于胡克,胡克先于霍布斯,霍布斯则先于艾迪生。无论我们在把这一标准应用于诗歌方面有什么困难,我们都可以看到,经典散文就是在向一种共同风格发展。我这样说,并非暗指无法对最好的作家进行区分。本质和特征上的差异仍然存在:差异并不是减少了,而是它们更加微妙和精细了。对品位敏感的人来说,艾迪生和斯威夫特的散文之间的区别,就像两种年份葡萄酒的区别对品酒师一样明显。在经典散文时代,我们发现的不仅仅是一种普遍的写作惯例,就像报纸社论作者的共同风格一样,而是一种共同的品位。经典时代前的时代可能既古怪又单调。说其单调,是因为语言资源尚未被开发,而古怪是因为普遍接受的标准尚未出现,如果没有中心的地方确实可以称之为古怪的话。那时候的文字作品可能既迂腐又放荡。经典时代后的时代也可能表现出古怪和单调:单调是因为语言的资源至少在当时已经枯竭,而古怪则是因为独创性比正确性更受重视。但是,我们找到共同风格的时代,将是社会达到秩序与稳定、平衡与和谐的时代,毕竟能将个人风格表现到极致的年龄,不是青春少艾,就是耄耋老迈。

语言的成熟自然伴随着思想和举止的成熟。当人们对过去有批判的感觉,对现在有信心,对未来没有有意识的怀疑时,那么语言就接近成熟了。在文学领域,这意味着诗人了解之前的诗人,而我们也知道他作品背后所具有的前人的风格,就像我们可能清楚一个人的祖先有什么特征,同时也知道这个人是独一无二的。前辈们本身应该是伟大的和受人尊敬的,但他们的成就必须表明语言的资源尚未得到充分发展,而不是使年轻的作家感到恐惧,害怕语言的发展已经达到了饱和的地步。当然,在一个成熟的时代,诗人仍然有希望做一些前人没有做过的事,并从中获得激励。他甚至可能会反抗他们,就像一个有前途的青少年可能会反抗父母的信仰、习惯和举止一样。但是,回想起来,我们可以看到他也在延续他们的传统,保留了基本的家庭特征,而他的行为差异是另一个时代环境的差异。另外,正如我们有时观察到的,有些人的生活被父亲或祖父的名声所掩盖,所能取得的任何成绩显得相对微不足道,因此,后来的诗歌可能自觉比不过杰出的先辈。在任何时代的末期,我们都会遇到这样的诗人,他们只对过去有感知,或者,他们对未来的希望建立在对过去的抛弃之上。因此,任何民族的文学创造力的持续存在,在于在更广泛意义上的传统(可以说是在过去的文学中实现的集体个性)和活着的一代人的独创性之间保持一种无意识的平衡。

伊丽莎白女王时代的文学虽然伟大,却谈不上完全成熟,不能称为经典。希腊文学和拉丁文学的发展不能相提并论,因为希腊语在拉丁语之后。我们更不能把它们与任何现代文学相提并论,因为现代文学的背后既有拉丁语,也有希腊语。在文艺复兴时期,存在着一种成熟的早期表象,而这是借助于古代。我们意识到弥尔顿越来越接近成熟。比起伟大的前辈们,弥尔顿对过去,对英国文学的过去,怀有更为深刻的批判感。阅读弥尔顿的作品,是对斯宾塞天赋的崇敬,是对斯宾塞使弥尔顿成功创作出诗作的贡献表示感激。然而,弥尔顿的风格并非经典,而是一种仍在形成中的语言风格,这种作家的风格不是以英语为师,而是以拉丁语和希腊文为师。我认为,这只是约翰逊和兰多在抱怨弥尔顿的风格不太英式时所说的话。而我们可以马上说一句:弥尔顿对这种语言的发展做出了很大贡献,以此来说明这种判断。接近经典风格的标志之一是句子和句式结构越来越复杂。从早期到晚期追溯莎士比亚的戏剧风格,就可以看到这种发展在他的作品中是很明显的。我们甚至可以说,在他的晚期戏剧中,他在戏剧诗歌的范围内尽可能地走向复杂的方向,而戏剧诗歌的范围比其他类型的诗歌更狭窄。但复杂性本身并不是一个恰当的目标:它的目的首先必须是精确地表达更精细层次的情感和思想,其次,引入更精细和更多样的韵律。当一个作家因为热爱复杂的结构而显得失去了简单表达的能力，当他对模式的迷恋达到这样一种程度，以至于把本应简单描述的东西说得很复杂，从而限制了他的表达范围时，这种趋向复杂的过程就不再健康，作家也就与口语失去了联系。然而，随着诗歌的发展，在一个又一个诗人的手中，它从单调走向多样化，从简单走向复杂。随着诗歌的衰落，它又趋于单调，尽管它可能使天才赋予了生命和意义的正式结构持续下去。你们可以自己判断，这种概括在多大程度上适用于维吉尔的前辈和追随者：我们都可以在十八世纪弥尔顿的模仿者身上看到这种单调，而弥尔顿本人从不单调。总有一天，一种全新的简洁方式，甚至是一种相对粗糙的方式，或将成为唯一的选择。

对我即将得出的结论，你肯定已经预料到了：我刚才提到的那些经典的品质，思想、举止和语言上的成熟，以及常见文体的完善，在十八世纪的英国文学中得到了最接近完美的体现。在诗歌方面，尤以蒲柏的诗歌最为突出。如果这就是我对这个问题要说的全部，那肯定毫无新意，也不值得一提。那只不过是在人们以前犯过的两种错误之间做出选择：一是认为十八世纪是英国文学最好的时期，另一种观点是，经典的思想应该一点也不足为信。我个人的看法是，在英语中没有经典的时代，也没有经典的诗人。等到弄明白为什么会这样，我们就不会有丝毫理由感到遗憾了。但是，尽管如此，我们必须保持眼前的经典理想。我们必须加以维护，英国的语言天才还有其他事情要做，无法去实现经典，所以我们既不能否定蒲柏的年代，也不能高估他的年代。如果我们不能批判地欣赏蒲柏作品中所体现的经典品质，就不能把英国文学作为一个整体来看待，也不能正确地瞄准未来。这意味着除非我们能够欣赏蒲柏的作品，否则我们就无法彻底了解英国诗歌。

有一点很明显，蒲柏能实现经典的品质，是付出了高昂代价的，而这牺牲了英语诗歌一些更大的潜能。在某种程度上，牺牲某些潜能以实现另一些潜能，是艺术创作的一个条件，正如这是一般生活的一种状态。在生活中，拒绝为获得一样东西而牺牲其他东西的人，最终只能落得平庸或失败的下场。然而，也有一些专家牺牲太多，得到的太少，或者他们天生就是专家，没有什么可以牺牲的。但在十八世纪的英国，我们有理由感到有太多的东西被排除在外了。头脑是成熟的，却也是狭隘的。英国社会和英国文学并不守旧偏狭，也就是说，他们没有孤立于欧洲最好的社会和文学，也没有落后。然而，从某种意义上说，这个时代本身是一个守旧偏狭的时代。当想到十七世纪英国的莎士比亚、杰里米·泰勒、弥尔顿，想到法国的拉辛、莫里哀、帕斯卡时，人们往往会说，十八世纪完善了规则式园林，只是限制了栽培面积。我们认为，如果经典确实是一种有价值的理想，它就必须能够表现出十八世纪所不能拥有的广泛性和普遍性。这些品质也存在于一些伟大的作家身上，比如乔叟，在我看来，他们不能被视为英国文学的经典，而这些品质都在中世纪但丁的思想中得到了充分体现。在《神曲》中，我们可以找到现代欧洲语言的经典。在十八世纪，情感范围有限，给人们带来了压迫，特别是在宗教情感的强烈程度上。这并不是说，至少在英国，诗歌不受基督教的影响。这并不是说当时的诗人不是虔诚的基督徒。要寻找正统原则和真挚虔诚感情的典范,你可能很难找到比塞缪尔·约翰逊更真诚的诗人了。然而,有证据表明,在莎士比亚的诗歌中有一种更深层次的宗教情感,而他的信仰和践行如何,只能靠猜测来了解。这种对宗教情感的限制产生了一种偏狭(不过我们必须补充一点,在这个意义上,十九世纪更为偏狭),这种偏狭表明了基督教世界的解体,表明了共同信仰和共同文化的衰落。这样看来,我们的十八世纪,尽管在经典文学方面取得了成就,而我相信这一成就对未来仍具有重要的榜样作用,但似乎缺乏某种条件,因而没有形成真正的经典。至于这个条件是什么,我们必须再次着眼于维吉尔,才能有所发现。

首先,我想重复一下我已经赋予经典的一些特征,并特别谈一谈维吉尔,探讨他的语言和文明,以及他到达的语言和文明历史上的特定时刻。要实现心智的成熟,就需要历史,也需要历史意识。历史意识不可能完全觉醒,除非诗人在自己民族的历史之外还有其他历史:我们需要这些,以便看到自己在历史中的位置。必须至少了解另一个高度文明化的民族的历史,还必须了解另一个民族,这个民族的文明要与我们的文明同宗同源,会影响我们的文明,并与我们的文明融为一体。罗马人便具有这样的意识,而希腊人却不然,尽管我们对希腊人的成就评价更高,事实上,我们也因此而更加尊重他们。当然,这种意识是维吉尔付出了很大的努力才培养出来的。从一开始,与同时代的人和前辈一样,维吉尔不断适应并使用希腊诗歌的各种发现、传统和发明,以这种方式利用外国文学标志着文明阶段更进一步,不再只利用自身早期的阶段成果,不过我认为我们可以说,在运用希腊诗歌和早期拉丁诗歌方面,没有哪个诗人的分寸感比维吉尔更细腻。正是一种文学或文明与另一种文明或文学的关系,赋予了维吉尔的史诗主题一种特殊的意义。在《荷马史诗》中,希腊人和特洛伊人之间的冲突在范围上并不比一个希腊城邦和其他城邦联盟之间的争斗更大。在埃涅阿斯的故事背后,是人们意识到了一种更强烈的区别,这种区别同时也表明了两种伟大文化之间的联系,以及他们最终在一个包容一切的命运下的和谐一致。

在维吉尔身上,无论是心智上的成熟,还是年龄上的成熟,都表现在他对历史的认识上。我觉得一旦思想成熟了,举止也会成熟,人也不再粗鄙偏狭。我想,对一个突然回到过去的现代欧洲人来说,罗马人和雅典人的社会行为看起来会相当粗俗、野蛮和无礼。但是,即便诗人能够描绘出某种优于当代实践的东西,也不是为了预测未来完全不同的行为准则,而是为了洞察他自己的民族在他自己的时代的最佳行为可能是什么。在爱德华七世时代的英国,富人的家庭聚会与我们在亨利·詹姆斯的书中所读到的并不完全相同,但詹姆斯先生笔下的社会是当时社会理想化的样子,而不是对任何其他社会的预期。我认为,我们在维吉尔身上比在其他任何拉丁诗人身上都更能意识到一种源于细腻情感的文雅举止(卡图卢斯和普罗佩提乌斯看起来很残暴凶恶,相比之下,贺拉斯则有点普通粗俗),在对两性之间私人和公共行为的举止的考验中,这一点尤为凸显。在座的各位都比我有学问,我不应该回顾埃涅阿斯和狄多的故事。但是,我一直认为第六卷中埃涅阿斯与狄多的相遇，不仅凄美至极，还是诗歌中最文明的段落之一。它虽然有着复杂的意义，表达却十分简练，不仅告诉我们狄多的态度，更重要的是还说明了埃涅阿斯的态度。狄多的行为似乎是埃涅阿斯自己良心的投射：我们觉得，这是埃涅阿斯的良心期望狄多如此对待自己。在我看来，重点并不是狄多不肯宽宥埃涅阿斯，重要的是她没有责骂他，只是冷落了他，也许这是所有诗歌中最能说明问题的冷落。最重要的是，埃涅阿斯不原谅自己，这一点很重要，尽管他很清楚，他所做的一切都是顺应命运，也是众神设下的阴谋。而在我们看来，众神本身也是一种更强大的神秘力量的工具而已。在这里，我选择的是一个文明举止的例子，证明了文明的意识和良知，不过我们可以把一个特定事件的所有层面都认作一个整体。最后，我们可以看到，维吉尔笔下人物的行为（我可以把图尔诺斯这个没有命运的人排除掉），似乎从来都不是遵照某种纯粹的地方或部落的礼仪规范的，而当时，在罗马和欧洲都是如此。维吉尔在举止上当然不守旧偏狭。

试图证明维吉尔的语言和风格都很成熟，就目前而言纯属多余。你们中的许多人可以比我做得更好，我认为我们都应该达成一致。但值得重申的是，如果没有他背后的文学，如果没有他对这些文学非常深入的了解，维吉尔的风格是不可能成为现实的。所以，从某种意义上说，他是在重写拉丁诗歌，就像他从前人那里借用短语或技巧，并对其进行改进一样。他是一位博学的作家，他所有的学识都与他的任务有关。他有很多文学作品作为他的参考资料，这些作品虽然足够，但并不是太多。至于文体的成熟，我认为没有哪位诗人能如此娴熟地驾驭复杂的结构，既能驾驭感官，又能驾驭声音，而在必要的时候，又能不失直接、简短和惊人的简洁。关于这一点，我不必多说；但我认为有必要再就通用风格多说几句，因为这是我们无法通过英国诗歌做彻底说明的，而且我们往往对它不够尊重。在现代欧洲文学中，最接近理想的共同风格的人可能是但丁和拉辛。在英语诗歌中，最接近这种风格的是蒲柏，而相比之下，蒲柏的一般风格有着非常狭窄的范围。一般风格使我们惊叹的不是"这是一个使用语言的天才",而是"这体现了语言的精髓"。读蒲柏的时候,我们不会这样说,因为我们太清楚蒲柏没有用到所有的英语语言资源。我们最多只能说:"这体现了特定时代英语语言的精髓。"在读莎士比亚或弥尔顿时,我们不会这样说,因为我们总是意识到诗人个人的伟大之处,以及他们用语言创造的奇迹。也许乔叟更接近,但乔叟用的是一种不同的语言,在我们看来这种语言比较粗鲁。后来的历史表明,莎士比亚和弥尔顿为英语在诗歌中的其他用途开辟了许多可能性。然而,在维吉尔之后,更确切地说,不可能出现任何伟大的发展,除非拉丁语成为不同的语言。

在这一点上,我想回到我已经提出的一个问题:在我一直强调的意义上,经典的成就对其起源的民族和语言来说,是否有利无弊,尽管它无疑是自豪的理由。心里有了这个问题,只要再思考一下维吉尔之后的拉丁诗歌,以及后来的诗人在他的伟大阴影下的生活和创作,就足够了。我们根据他所设定的标准,赞美或诋毁这些后世的诗人,有时钦佩他们,因为他们发现了一些新的变化，甚至仅仅是重新排列了单词的模式，让人想起这些词语的遥远而令人愉快的起源。但是，英国诗歌和法国诗歌在这一点上可以被认为很幸运：最伟大的诗人只在特定的领域进行探索。我们不能说，自莎士比亚时代以来，以及自拉辛时代以来，英国和法国都出现过真正一流的诗剧。自弥尔顿以来，我们再没有见过伟大的史诗，尽管有过很多出色的长诗。的确，每一位伟大的诗人，无论是否称得上经典，往往都是在耗尽他们所耕耘的领域，因此，在产出的作物越来越少后，最终只能休耕几代。

说到这里，有人可能会提出反对意见，表示我认为经典对文学作品的影响，并不是因为作品的经典特征，而仅仅是因为那是伟大的作品，在我一直强调的意义之上，我觉得莎士比亚和弥尔顿都没有资格成为经典，但我也承认，自他们之后，再也没有出现过同样伟大的诗歌。每一部伟大的诗歌作品诞生，往往会使同样伟大的同类作品不可能再出现，这是无可争辩的事实。部分原因在于有意识的选择：一流的诗人不会用自己的语言再做一次已经做到极致的事。只有当语言（它的韵律，比词汇和句法更重要）随着时间和社会的变化而有了很大的改变之后，才有可能出现像莎士比亚那样伟大的戏剧诗人，或者像弥尔顿那样伟大的史诗诗人。不仅每一个伟大的诗人，还有每一个虽然谈不上多伟大却堪称真正诗人的诗人，都一劳永逸地实现了语言的某种可能性，这样后继者可以实现的可能性就变少了。他耗尽的风格可能很小，也可能代表诗歌、史诗或戏剧的一些主要形式。但是这位伟大的诗人用尽的只是一种形式，而不是整个语言。当一位伟大的诗人同时也是一位伟大的经典诗人时，他不仅耗尽了他那个时代的形式，也耗尽了他那个时代的语言。他所使用的那个时代的语言，将是最完美的语言。因此，我们必须考虑的不仅是诗人，还有他写作所使用的语言。不仅是经典诗人耗尽了他的语言，一种耗尽的语言也可能制造出一位经典的诗人。

那么，我们可能会问，假如我们所拥有的语言没有产生经典，而是在过去有着丰富的多样性，并在未来有可能进一步创新，是幸运还是不幸？现在，当我们身处一种文学中，当我们说着同样的语言，并且拥有与过去产生文学的文化基本相同的文化时，我们想要保持两点：第一，对我们的文学已经取得的成就感到自豪；第二，相信它未来仍旧会有所成就。如果我们不再相信未来，过去就不再完全是我们的过去，它将成为一个已死文明的过去。对那些试图丰富英国文学宝库的人来说，这种考虑必须特别有说服力。英语中没有经典，因此，任何一位在世的诗人都可以说我和我的后人仍有希望，想到自己也许是最后一个能写出一些值得保存的东西，一旦明白了这意味着什么，就没有人能平静地面对。但是，从永恒的角度来看，这种对未来的兴趣毫无意义可言：当两种语言都已死，我们不能说因为诗人的数量和种类，其中一种就更为伟大；也不能因为另一种语言的精髓在一个诗人的作品中得到了更充分的表达，就说这种语言更伟大。同时，我想申明一点，英语是一种人们仍在使用的语言，我们就生活在这种语言的环境里，它从来没有在哪位经典诗人的作品中达到极致，对此我们应该很高兴。但另一方面，经典的标准对我们来说是至关重要的。我们需要它来评判我们的诗人，尽管我们拒绝把我们的文学作为一个整体来与产生经典的文学作比较。一种文学最终是否能成为经典，纯属运气问题。我猜想，这在很大程度上取决于该语言中各元素融合的程度。拉丁语族可以更接近于经典，不仅仅是因为它们是拉丁语，还因为它们比英语更同质，自然地倾向于共同的风格；而英语，作为其组成成分中最多样化的伟大语言，倾向于变化而不是完美，需要更长的时间来实现潜力，也许仍然包含更多未开发的可能性。也许，它具有最大的变化能力，同时又能保持自身。

我现在要讨论相对经典和绝对经典之间的区别，也就是一种文学，就其本身的语言而言，可以称为经典，而另一种文学，就其他语言而言，可以称为经典。但首先，我希望在我列举的事例外，再谈一谈经典的另一个特征，这将有助于说明这种区别，并表明像蒲柏这样的经典与像维吉尔这样的经典之间有何区别。为了方便，我先来概括一下我先前所作的某些断言。

我在一开始就指出，个人成熟的一个常见（即便不是普遍的)特征,可能是一种选择过程(不是完全有意识的),即发展某些潜力而排斥其他潜力。语言和文学的发展也有相似之处。如果是这样的话,我们应该会发现,在一种次要的经典文学中,比如我们的十七世纪末和十八世纪的文学在实现成熟时,被排除在外的元素将会更多,也可能更重要。而这种对结果的满意,总是会被我们对语言的可能性的认识所限制,而这些可能性在早期作者的作品中有所揭示,却遭到了忽视。英国文学的经典时代并不能代表这个民族的全部精髓。正如我所暗示的,我们不能说那种精髓在任何一个时期都完全实现了,其结果是,我们仍然可以通过参考过去的某个时期来设想未来的可能性。英语是一种为合理的文体差异提供广泛空间的语言。似乎没有哪个时代,当然也没有哪个作家,可以建立一个规范。法语似乎更接近于一种正常的风格,然而,即使是在法语中,虽然这种语言似乎在十七世纪就已经一劳永逸地确立了自己的地位,但在拉伯雷和维庸身上,仍然有一种高卢精神,一种丰富的元素,这种意识可能会限制我们对拉辛或莫里哀的整体判断，因为我们可能会感到它不仅没有得到表现，还没有得到调和。因此，我们可以得出这样的结论：一部完美的经典作品，即使不能表现出一个民族的全部精髓，这些精髓也必须隐藏在其中。它只能在一种语言中出现，这样它的全部精髓才能立即呈现出来。因此，我们必须在经典特征清单上加上全面这一项。经典必须在其形式限制的范围内，最大限度地表达代表使用这种语言的人的性格的整个情感范围。它将最好地代表这一点，也将具有最广泛的吸引力，在它所属的民族中，它将在一切阶级和条件下找到自己的回应。

如果一部文学作品除了对其本国语言具有这种综合性之外，对许多外国文学也具有同样的意义，我们可以说它也具有普遍性。例如，我们可以公正地说，歌德的诗是经典，因为它在自己的语言和文学中都占有重要的地位。然而，由于它存在偏颇，某些内容倏忽无常，还具有德国主义的感性，而且在外国人看来，歌德受到其年龄、语言和文化的限制，所以他不能代表整个欧洲的传统，此外，像我们自己的十九世纪作家一样,他也有点偏狭,因此,我们不能称他为普遍的经典。他是一个普世性的作家,从这个意义上说,他是一个每个欧洲人都应该熟悉的作家,但这是另一回事。无论如何,我们也不能指望在任何现代语言中找到接近经典的方法。有必要去看看两种已经死亡的语言:它们已经死亡这一点是很重要的,通过它们的死亡,我们得到了遗产。除了所有欧洲人民都是受益者这一点之外,它们已死这一事实本身并没有赋予它们任何价值。在所有希腊和罗马的伟大诗人中,我认为我们最亏欠的是维吉尔,他才是经典的标准:我要重复一遍,这并不等于假装他是最伟大的,或者是我们在各方面都亏欠最多的人。我所说的是一种特殊的亏欠。他的广泛性,他那种独特的广泛性,是由于他在罗马帝国和拉丁语历史上的独特地位,这种地位可以说是顺应了它的命运。这种命运感在《埃涅阿斯纪》中得以体现。从开始到最后,埃涅阿斯都是一个"受命运摆弄的人",既不是冒险家也不是阴谋家,既不是流浪汉也不是野心家,他只是在完成自己的命运,没有被迫也不是领了武断的命令,当然也不是为了追求刺激或荣耀，而是将自己的意志交给众神背后的更强力量，这个力量可能挫败他，也可能指引他。他本想在特洛伊停留，却还是被迫浪迹天涯，比任何流亡者都更伟大、更有意义。但他认识到自己被流放的目的比他所知道的更伟大。从人类的意义上说，他不是一个快乐或成功的人。但他是罗马的象征。埃涅阿斯之于罗马，正如古罗马之于欧洲。因此维吉尔获得了独特经典的中心地位。他是欧洲文明的中心，他的地位是其他诗人无法分享或篡夺的。罗马帝国和拉丁语不是随便什么帝国和语言，而是有着独特命运，并且与我们有关的帝国和语言。而那些意识到并表达该帝国和语言的诗人，则是有着独特命运的诗人。

如果维吉尔是罗马的意识和罗马语言的最高声音，那么他对我们来说一定有一种不能完全用文学鉴赏和评论来表达的意义。然而，坚持文学的问题，或者坚持以文学来处理生活，我们或许可以暗示无法说出的含义。维吉尔对我们的价值，从文学的角度来说，在于给我们提供了一个标准。正如我说过的，我们也许有理由为这个标准是由一位用不同于我们自己的语言写作的诗人提供的而感到高兴，但这并不是拒绝这个标准的理由。要保持经典的标准，并以此来衡量每一部文学作品，就是要看到，虽然我们的文学作为一个整体可能包含一切，但其中的每一部作品可能在某些方面存在着缺陷。这样的缺陷也许是必然的结果，没有这种缺陷，就会缺少某种品质，但我们必须把它看作一种缺陷，同时也将其视为必然。如果没有我所说的这个标准，如果我们只依靠自己的文学作品，就不能清楚地掌握这个标准，那么，我们往往首先出于错误的理由去欣赏天才的作品，就像我们赞美布莱克的哲学，赞美霍普金斯的文风一样，然后我们就会犯更大的错误，把二流作品和一流作品相提并论。简而言之，如果我们不经常以经典为衡量标准，就会变得偏狭，这一点我们从维吉尔那里得到的要比从其他诗人那里得到的更多。

我这里所说的"偏狭"，是指一些我在字典里找不到的含义。例如，我的意思不仅仅是"想要首都的文化或优雅"，虽然维吉尔确实来自首都，在某种程度上，这使后来任何同等地位的诗人都显得有点守旧偏狭，我的意思不仅仅是"思想、文化和信念上的狭隘"，这是一个模糊的定义，因为从现代自由主义的观点来看，但丁是"在思想、文化、信念上很狭隘"，然而，更偏狭的可能是广教派拥护者，而不是狭教派拥护者。我还指的是价值的扭曲，对某些价值加以排斥，对另一些价值却予以夸大，这并非因为见识过的地方太少，而是由于将在有限区域内获得的标准应用于整体的人类体验。它混淆了偶然和本质、短暂和永恒。在我们这个时代，人们似乎比以往任何时候都更容易混淆智慧与知识、知识与信息，并试图用工程学来解决生活中的问题，此外，一种新的地方偏狭观念正在形成，这种地方主义也许应该有一个新的名字，它不是空间的局限，而是时间的局限。根据这种观念，历史不过是人类各种诡计的编年史，这些诡计都已发挥了作用，后来被废弃了，世界完全是生者的财产，死者在其中没有任何份额。这种地方偏狭观念的危险之处在于，我们所有人，即地球上的所有人，都可能变得偏狭。而那些不满足于狭隘的人，只能成为隐士。如果这种地方偏狭观念带来了更大的宽容，也许还可以多为其辩解几句。但它似乎更有可能导致我们在应该保持独特的教条或标准方面变得冷漠，在可能留给地方或个人偏好的事情上变得不宽容。只要都把孩子送进相同的学校，我们就可以有各种各样的宗教信仰。但我现在关心的只是纠正文学中的地方偏狭观念。我们需要提醒自己，正如欧洲是一个整体（而且，在其逐渐发展的残缺和毁容中，任何更大的世界和谐都必须从这个有机体中发展出来），欧洲文学也是一个整体，如果没有同样的血液在整个身体中循环，其中的几个成员就不可能繁荣发展。欧洲文学的血液是拉丁语和希腊语，不是两种循环体系，而是一种，因为必须通过罗马文学来追溯我们在希腊的渊源。在我们的文学中，在我们的几种语言中，有什么共同的卓越标准不是经典的标准？除了我们对这两种语言的思想和感情的共同遗产之外，我们还能希望保持什么样的互通性？对于这两种语言的理解，欧洲人都没有任何优势。没有任何一种现代语言能够企及拉丁语的普遍性，尽管使用现代语言的人比使用拉丁语的人数多出了数百万，现代语言也已成为各种方言和文化的民族之间的普遍交流手段。没有任何一种现代语言有望产生像我所说的维吉尔那样的经典。维吉尔是我们的经典，也是全欧洲的经典。

在我们的几个文学中，有许多值得夸耀的财富，这是拉丁文无法比拟的。但每种文学都有其伟大之处，彼此并不孤立，在一个更大的模式中有着不同的地位，而这个模式则是以罗马为背景，通过埃涅阿斯对罗马的奉献，以及远远超出他生前成就对未来的奉献，我说明了新的严重性，以及对历史的新洞察。埃涅阿斯得到的回报不过是一个狭窄的滩头堡，以及人到疲惫中年的政治婚姻，他的青春被埋葬了，青春的影子随着重重暗影在库梅岛的另一边移动。因此，我说人可以设想古罗马的命运。因此，我们可以这样看待罗马文学：乍一看，它是一种范围有限的文学，没出过什么伟大的名家，然而，没有其他文学能像罗马文学那样具有普遍性。一种文学，为了顺应它在欧洲的命运，不自觉地牺牲了后来语言的丰富性和多样性，为我们创造了经典。只要一劳永逸地确立这一标准就足够了。这项任务不需要重做。但维持这一标准是我们自由的代价,我们要在混乱中捍卫自由。我们可以通过每年对引导但丁朝圣之旅的伟大幽魂的虔诚仪式来提醒自己这一义务:伟大幽魂的职责是带领但丁走向他自己永远无法享受的愿景,带领欧洲走向他永远无法了解的基督教文化。伟大幽魂用新的意大利语说了最后几句告别的话:

> 孩子,你已经看见了短暂之火和永恒之火,
> 来到了一个我自己再也看不清的地方。

Ⅳ 思考,从书籍到世界

T. S. 艾略特 |1888—1965

文学和现代世界

人们也许知道自己现在多大年龄，对年龄背后的意义却知之甚少。我相信，我们大多数人都受到一种历史决定论观念的影响，并且受影响程度远超我们的认识。这对马克思主义者来说也许没什么，因为他们有自成一派的理论。但作为一种无意识的假设，它毫无益处。我们都知道，关于进步必然性的假设在十九世纪已经被摒弃，它已经被迪安·英奇等通俗哲学家当作靶子打击无数次了。但是实际上，我们摒弃的是进步论的一个特殊变种，与达尔文、丁尼生、自由贸易和十八世纪后半叶的工业发展有关的那种进步论，简言之，就是与自由主义有关的那种进步论。我们的信念在细节上受到了动摇。例如，现在没有人相信科学发明的好处会自然而然地发生。发明可能被用于破坏性活动，而不是创造性活动；它使人们失业，它刺激生产，但却减少了消费。这些都是老生常谈了。不过，我们还是保留了进步论的精髓：我们对现在缺乏信心。

我认为，在普及对未来的原始信仰方面，我们有许多地方要感谢 H.G. 威尔斯先生。他那肤浅的哲学却产生了广泛的影响。这么说也许会引起威尔斯先生的公开反对，但我认为他的作品有这样的影响：传播一种信念，即现在的价值在于其未来所带来的效益，而非其他因素。道德在于努力促进后代幸福，一种并非显性精神化形式下定义的"幸福"。我们将通过在致力于造福未来人类的科学工作中找到自身幸福，并从其他领域获得尽可能多的满足。当然，请不要曲解我的本意，我并非不关心后代的生活。那的确是我们应该关注的事情。我反对的是完全偏移价值观念。重要的不仅在于我们应该为后代争取未来，更在于我们应该对自己保持同等尊重。请记住，我们人类，不管作为现在存在的个体,还是代表未来世代,都同样具有价值。威尔斯先生似乎宣扬了一种奇怪又假意谦逊的进化论观点:实际上他讲的是高级猿对我们意味着什么,而对于未来世代,我们也一样。无论是猿、狐猴,还是负鼠,我们如何看待动物祖先,未来动物也会以同样方式看待我们。当然,这是亘古不变的进化论的天真自然推论,并同时否认人类与动物之间存在明显分界线,即否认人类存在灵魂。

目前,这样做的一个结果就是证明我们今天所发现的那种对人性的蔑视是合理的,并且允许不惜牺牲人的尊严而采取任何手段,以便实现威尔斯先生如此狂喜地设想的那种未来。我承认,我实在是想不通我们凭什么要花费那么大精力和资源去培养后代,而几千年后,他们却只会把我们看成猿猴、狐猴或负鼠。这简直就是在养白眼狼。我们必须肯定,未来的价值并不比现在的价值高。也就是说,我们必须肯定永恒而反对短暂。在过去已经实现的永恒,在现在也能实现。而我们的任务就是努力创造一个未来,为人类大众实现这一目标减少障碍。而这些障碍并不全是物质方面的,它们也存在于我们自己身上。我们的态度可能看起来没有威尔斯先生那么雄心勃勃,但目的却更加明确。只不过是谦卑的父母希望他的孩子在生活中拥有更好的机会,过上更好的生活。

我之前已经提到,这种现代的末世论起初是乐观的,但很容易陷入绝望。然而,我没有从那个粮仓满满的地主¹那里学到教训。显然我们正处于一个时代的尽头,在腐朽和衰败感中被压迫着,并对可能发生的各种变化感到恐惧,毕竟有些变化是一定会发生的。由于我们必须对未来充分思考,或许这样的思考会影响我们明天的行动。我们内心和周围所发现的事物扰乱了我们的良知,因此保持清醒头脑和价值观就显得更加重要;紧紧抓住过去、现在和将来也变得至

---

1 《路加福音》中记载了一个被称为"富足的愚人"的故事。一位富人拆毁了自己的房屋,建造了更大的谷仓来储存他过剩的收成,并对自己说:"我的灵魂啊,你已经积累了许多财物多年;现在你可以安心地享受美食、畅快地生活!"然而上帝回答说:"愚蠢之人啊,今夜你的灵魂将与你分离,那么这些所积累的东西将归于何处呢?"出自《路加福音》第 12 章第 15—21 段。——原书注

关重要，因为这是一个永无止境的世界。

然而，我眼下关心的是关于价值观错位和未来道德从属对现代文学影响的问题。作为一名顾问和潜在经理人，我看到许多比我年轻得多的人写作不同形式的作品。优秀的作家存在着强烈的社会良知，即文学应该有益于社会。而对于那些较差的作家，这种良知可能只表现为决不错失良机而已。但我可以自信地保证其中相当一部分作家绝对是真诚的。目前，这种奉献精神可能与未来价值观的错位息息相关，因此我建议试着去得出一个结论，探讨当今诗人与自身及社会之间的适当关系。专注于当前问题是必要且正确的，但我们该如何协调它与文学本该实现的永恒价值呢？

这就涉及一个问题，文学艺术家是否应该承担重大的社会责任，必须传达某种特定信息？如果是这样，那么这种"信息"何时对"艺术"有益处，何时又可能对"艺术"造成不利影响？

我相信当今的文人应该具备这种意识。然而，艺术家所面临的最大危险常常是不自觉地去感受那些超越其感知范围的事物。因此，我敢于提出以下构想：

理想状态下,艺术家个人与次个人之间的激情与其希望传达给社会的思想和情感之间能够实现一种和谐统一。在这种和谐中,他既不会将有意识的信条作为个人工具使用,也不会为了迎合某种社会信条而束缚或扭曲自己的个性。当然,这需要稍加拓展。

一个人既是个体,也是社会成员。在本文中,"人"代表"个体"。每个人都有独一无二的个性,不容侵犯。但同时,他们天生就是社会的一部分。当把社会仅看作个体的总和时,将导致自由民主的混乱。当人完全屈从于社会时,则可能出现法西斯主义。因为自由民主真正承认的是整体而非单纯的个体总和——即老式或德谟克里特式原子般物质上的同质化——这样做并不尊重每一个独特多样化的"人"。如果一个人完全孤立于社会,那他就不再被视为"人"了,反之,如果一个社会中不再有"人",也就构不成社会了。一个人若不是社会成员,即不是真正的自我;而他若非独立个体,亦无法成为社会成员。人的成员身份与独立必须相辅相成。或许并非每个人都意识到,在某些可怕时刻,一个人可能因意识到自己与世隔绝而几近崩溃。如果他发现只有自己、卑鄙和无能存在,并没有上帝做伴,那么我只能深感同情。仅在这些时刻之后,我们与上帝独处并认识到自己的价值,才能心存最深的感激和谢意,意识到我们的社会成员身份:除非看清事物从何处开始、何处结束,否则我们对任何事物都不能全然感激和理解。我一直强调这种观点得到了教会的认可,并且只有教会能够保持这种平衡。尽管未获得广泛认同,但它却被政治倾向中永无止境的无政府状态和暴政证明着,我坚信,在世俗世界中这种天平将永远摇摆不定。

我上面说了这么多,听起来可能与我的主题无关,但实际上并非如此。艺术家的活动也应该保持同样的平衡。通过这种奉献,艺术家才能够成为最真实的自我并找到存在感,否则他们不可能真正地投身于任何事业。正如古尔蒙所言:"在写自己时,也写了他所处的时代",然而我认为反之亦然,在写所处的时代时,有时候也是在书写自己,这两者是相辅相成的。然而,艺术家必须从自己的内心出发。有时候过度偏向某一方面是很危险的。因此可以说,在某种程度上，真正的艺术家只有当有意识地利用他们所信仰之物创作艺术作品时，才能简单地将其视为工具；反之，则是虚伪之举。

像D.H.劳伦斯这样的人，也许会利用自身哲学为其私人需求和个人弱点辩护。而客观信条的信徒则有否认或扭曲自身以适应其信仰的危险。或是其信仰根本就不真诚。对基督徒来说，这也同样危险，尤其是无法获得个人灵感之时。一个将信条与自我混为一体，或将自我与信条混为一体的人能有什么成就呢？其个体发展可能会被扭曲，或者信条的纯洁性可能会被污染。我坚信，基督徒若深刻理解基督教，则能拥有单纯社会革命者所没有的保障：个人情感保障。例如，单纯的社会热情无论多么强烈，似乎并不具备创作诗歌所需的物质条件。但丁对当时罪恶的谴责，与雪莱对国王、暴君和牧师的谴责又有何区别？雪莱的兴奋只存在于他的头脑中，因此发出相当尖锐刺耳的鸣响；而但丁的兴奋与他自己的痛苦相连——特定的人给他造成的委屈和羞辱，他清楚地认识到，如果你愿意，自私的怨恨和剥夺是世俗的，但更是真实的。这是第一件事。只有最伟大的希伯来先知似乎才能被上帝完全吸引并占有,成为上帝的代言人。而对普通人类诗人来说,个人的失去、委屈、苦痛和孤独必须存在。即使当诗人除了个人感受外对其他事物毫无所知、不感兴趣时,这些情绪也因其强度而具备代表性价值。因此我们可以想象他们像维庸一样,并非沉浸于个人悲伤之中,而是在向上帝发出激情呼唤中毫无保留地宣泄这些悲伤,并最终没有任何其他人能与之同悲共苦。然而,在最伟大的诗人身上,这些个体情感是通过对客观道德价值的信仰以及追求正义和人类精神生活努力实现的。

在我看来,当前世俗革命的趋势是贬低人类价值。我们或许会认为,在一个普遍存在着如此多不公和压迫的世界中,个体情感和痛苦表达是否还具有重要性?这种观点属于世俗观念:当整个社会生存面临危险时,个体是否还有意义?我们再次回到了现代末日论,威尔斯先生成为一位传教士。一些人主张现行秩序应该被唾弃,让我们争取尽可能多的满足。而另一些人则主张现行秩序应该被唾弃,让我们为未来做出牺牲，不是为了自己的幸福，而是为了自身利益。也许某些人可以同时坚持这两种做法。而隐隐有一种思想深藏在背后，在本时代默默发挥作用，并以异端的形式等待着我们思考：那就是"群体意识"的概念——从名字上听起来，显得谦逊、科学又确凿。

道森先生最近写了一篇题为"真正的问题"的文章，我饶有兴趣地读了，并表示赞同。道森先生对无阶级社会中的个人地位谈了些颇为中肯的意见。

> ……正统的共产主义者会否认这种完全从属于国家机器并牺牲人性的做法是共产主义的本质，因为马克思和列宁曾明确教导过，无产阶级专政只是一个暂时阶段，国家本身最终会衰落，让位于无阶级无国家的社会。但如何实现这一目标？只有当个人完全社会化，他才可以本能地把所有精力投入为社会工作，脑子里除了他所组成的经济有机体之外，再无任何其他目标。在这样的秩序中根本不需要国家，就像蚂蚁或蜜蜂不需要国家一样。但这是人类的秩序吗？人类有可能

上升或堕落到这样的水平吗?

我并不比道森先生更认同这种结局的可能性。然而,如果我不认为的确有这种可能,我也就不会费力攻击它的思想。这种结局来源于人类对自己作为人类责任和压力的自然厌恶,而非阴谋论者和政治家那样似恶魔般的狡黠。因为我们必须记住,对直立动物来说,坚持直立本身就已经承受着巨大的身体和道德上的压力。无论是否有机械辅助运动和噪声干扰,大多数人都花了很多时间来逃避作为人类所面临的责任。只有通过一些献身于生活之中、付出代价牺牲的人,我们才能保持住人性。而"群体意识",在自由主义异端中孕育出来并滋生着异端邪说,在某种程度上具有极大吸引力,因为它能够帮助我们摆脱责任的重担。我认为,这更可能是一种向较低意识的倒退,而不是向较高意识的提升。实际上,我们应该感谢涂尔干和列维-布留尔等作家的推测,他们自称这些推测是基于对原始人种的研究。这种人类状态会对诗歌产生负面影响,这个结论可以从上文得出。这本身也许并非最重要之处,毕竟有比持续创作新诗更重要的事情,尽管我们必须记住,一个停止创造新诗的民族也将失去欣赏旧诗的能力。重要的是,诗歌创作取决于个体内在,并且依赖于个体与其他个体、上帝和社会之间的关系。

然而,在当今人们对于诗歌的抱负中,有许多方面我完全认同。如果我们将现在的诗歌状况与四十年前,即十九世纪末期相比较(即不考虑个别诗人的功过),社会最近表现出来的热切和不满情绪是非常有益的。这种比较可能使我们处于劣势,但也展示了诗歌已经呈现出一种新的严肃性,并具备新的社会重要性。有一件事很重要,那就是我们拥有的一位同时属于两个时期的伟大诗人——威廉·巴特勒·叶芝先生,他近年来仍在持续创作杰出的诗歌。尽管他成就显赫,然而我发现自己难以将叶芝先生视为当代人。等我到了他现在的年纪,要是有人如此评价我,可谓至高无上的赞誉了。我认为我们一直没能做到,并且一直在努力争取的事情,就是承认诗歌不仅是供少数品味独特者享受精致乐趣之物,并且更具备社会价值功能。诗人必须肩负起道德家的角色，并由此展示其与社会间的关系。

然而，我认为，对社会正义的热情本身最终将被证明是不够的。我所说的现代末世论的危险在于忽视永久性而选择短暂性，在忽视个人性而选择社会性方面也同样存在危险。诗人与每个人一样都面临着这种危险，但他们有一种特殊的责任，那就是不能被蒙蔽。不过，也请你对他们所面临的困难给予一些同情，毕竟变革不断、战争风险持续存在的时期并非什么有利环境。现在存在一种诱惑，即为了改变而改变，使我们的思维沉浸于某种绝望的行动哲学中。除此之外，也还有不少这样的哲学正在对我们施加压力。对过去的蔑视甚至无知的态度愈发猖狂，许多人已经做好了无限尝试的准备。除非我们坚守那些永恒的核心本质，否则不可能做出明智的改变。而清晰地理解应该坚持和放弃什么，则能更好地使我们所有人为改变做好准备。只有这样才能回顾过去而无悔，并展望未来而无畏。

T. S. 艾略特 |1888—1965

应该对书籍进行审查吗?

这是分配给我谈论的题目,我在这个问题上不会吹毛求疵。如果你向内政部打听一本你很感兴趣的书会不会出版,你会被告知在这个国家没有审查制度。确实如此。任何私人主体,或者会去告发的普通人,都可以成为审查员,只要他们能找到地方法官认同他们的意见。此外,只有在一本书印刷出版后,人们才能去"审查"。

我会努力不去触及政治审查的问题,而只涉及道德审查。这两个问题经常被混淆。有许多人认为,任何颠覆政治秩序的东西都是"不道德的",也有许多人认为,检验"不道德"的标准是看它颠覆了现有的政治秩序。政治秩序是否靠道德才能得到更好的维持，这不是我的问题。维持政治秩序显然是一件非常重要的事，不能留给告发者和地方法官去做。我会把将要谈论的内容限制在与政治和经济没有明显关系的书籍道德影响上。对许多人来说，这个问题本身就是性道德的问题。但我不想侮辱现场的听众，假设它的道德概念仅限于性道德。这个问题本身便复杂至极，波及广泛，如果我能在二十分钟内说明它是多么复杂和广泛，我就心满意足了。

从基督徒和出版商这两个角度来看，现状并不令人满意。这两种观点并不像乍一看那样水火不相容。事实上，如果基督徒和出版商能在一件事情上达成一致，那就是目前的情况确实差强人意。我甚至知道有些出版商还会因为没有书籍审查制度而觉得遗憾。

现在我来以一个假设的情况为例。让我们假设有一本书，我认为是一部伟大的艺术作品，任何出版商要是能出版这本书都应该感到荣幸。书中包含一些在中产阶级男女伴侣中不常用的词汇，以及一些在中产阶级伴侣中通常不讨论的话题。为了说明情况非常复杂，我们还要继续假设这本书以前曾在另一个国家出版过，任何带进这个国家的外国版本都已被海关下令没收。让我们假设，随着时间的流逝，这本书被认为是伟大的艺术作品，有很多册书被走私进来，以至于任何一个自称有文学知识和文学品位的人若承认自己没读过这本书，便会无地自容。我去了英国内政部，也就是官方道德监管者，询问我是否可以在英国出版该书。对方很有礼貌地表示我可以随意出版。从来没有任何事情会阻止我出版这本书。至于海关（以某种我无法理解的方式独立于内政部），他们可以没收书籍，但他们不能禁止在英国出版书籍。但是，我若要出版这本书，就必须明白风险要由我自己来承担。内政部不能阻止，也无意阻止我将其出版。但等到书籍出版了，内政部也没有能力保护我。任何一个英国人只要把带标记的书寄给地方法官，只要地方法官认同举报人说这本书是淫秽的，我就要听凭他们的处置了。可我仍然享有完全的自由，有机会上诉。不过，除非我有两千英镑或更多的闲钱，而通常出版商的每一分钱都有用处，否则我是不会冒险上诉的。毕竟我一上诉,就要面对法律权威,无论他们在法官席上多么显赫,无论他们有多么渊博的学识,为人多么刚正不阿,他们都不一定是道德神学家或圣人。在目前的情况下,出版一本书让罪恶变得诱人,比出版一本书让其变得令人厌恶要安全得多。出版一本我自认为道德高尚的书,却触怒地方官,让其产生偏见,我就会吃大亏,甚至不能事先确定将会受到怎样的惩罚。我可能只会赔上印刷费用,还可能会被罚款,甚至锒铛入狱。更糟糕的是,如果我出版了一本我担心会受到谴责的书,我就永无宁日了。这件事没有诉讼时效。不会有人因为我出版了那本书而起诉我,但任何人都与此事有关。在我出版这本书的若干年后,所有存货都卖光了,连我自己都忘记了曾出版过这本书(如果它不是一本非常重要的书),而某个偏远地区一家书店的书架却还有一本,这本书很可能会落入一个告密者的手里。听了我刚才这番话,各位就能明白为什么我刚才说,有时就连出版商也会因为没有书籍审查制度而觉得遗憾了。

我一开始就说过,这个问题很复杂,影响深远。

在这一点上，我可以观察到，问题源于道德与神学的分离。我相信道德的正确基础是启示宗教和启示宗教的神学。仅仅基于偏见和习惯的道德具有两个弱点：高度严格的道德经常能造成冲击，但高度的不道德往往带不来任何冲击。当然，冲击是情感上的，而不是理性上的。有时我也会为那些使别人感到震惊的书而感到震惊，但是当我分析自己的感情时，就像读《查泰莱夫人的情人》那样，我发现自己受到冲击的原因有些不同。那些不会被告密者和地方法官揪住把柄的书往往能带给我冲击。

现在我想进一步说明我刚才所说的一点：道德的适当基础是启示宗教和启示宗教的神学。还有另一种道德危险，这种道德不仅仅建立在偏见和习惯的基础上。至少在理想状态下，极权国家，对不道德的"反社会"行为施行严格的道德规范。例如，在那些想要尽可能多人口的国家，同性恋可能会受到严厉的惩罚，因此相关书籍也要为涉及同性恋题材而道歉；他们不提倡避孕，出于同样的原因鼓励家庭多生孩子。相信各位会同意，比起做了错事的人，更应该疏远那些出于错误的原因而做了正确事情的人。我曾在另一篇文章中引用过一位英国极权主义者的话,现在我将再次引用:"在我们的道德中,对任何道德问题的唯一检验标准便是,它是否以任何方式阻碍或破坏了个人为国家服务的能力。"我引用这句话,不是要针对提出这句话的人,而是因为这可能会悄然而隐秘地成为所有统治者的假设,而这些人不会犯这种观点所陈述的错误,甚至不会像所提到的那位集权者一样,把这个观点考虑得这么清楚。

现在回到我的主题上来吧,不过我并不承认自己离题了。显然,有两种选择:一种是完全不进行审查,另一种是允许所有书籍出版。那结果会怎么样呢?

一方面,尽管我很不喜欢我们目前的审查制度,但我也不能平静地看着所有障碍都被打破。这世上还有"色情文学"这种东西。我敢肯定,无论人们怎样看待小书店里陈列的一些期刊和大书店里出售的一些小说,如果压根儿就不实行禁令,情况会恶化到无以复加的地步。一流的出版公司将处于非常不利的地位。公共道德的实际意义可能只是美德的影子，它可能会盲目地谴责善、赞同恶，但总比没有好。另一方面，在我看来，理想的审查制度在目前根本不可能存在。我已经说过两次，这个问题是复杂而深远的。审查书籍的问题是教会与国家问题的一个分支。我不认为查看罗马教会查阅索引会对我们有多大帮助。在我看来，创造出这种索引所要解决的问题与我们这个时代的问题截然不同，它们最初是用来打击神学异端，并非为了小说读者的时代而设计。在一个没有多少读者对思想感兴趣的时代，完全可以警告公众反对异端思想。那么到了一个"异端"这个词毫无意义的时代，又能怎么做呢？你所谴责的直接表达这些思想的人的思想，是由几十个根本不清楚自己在做什么的小说家间接甚至无意识地传达出来的。现而今，观点的传播不在于说服人们改变他们的想法，而是假设他们本来就是这么想的；不在于得出结论，而是将其视为理所当然。一个索引可以钓到大鱼，但一千个小作家却游过了网眼。

现在来说说结论吧。若要对图书审查制度有自己的看法,那就必须首先确定如何看待政教关系。必须避免神权政治的"斯库拉"[1]和极权主义的"卡律布狄斯"[2]。作为一名出版商,我有时希望国家告诉我可以出版什么,不可以出版什么。作为一个基督徒,我有时希望教会告诉我哪些书可以读,哪些书不可以读。但是,我希望看到采取的唯一实际措施是,有一个最终的、负责任的权威,若是有人对某本书提出反对意见,这个权威可以确定该书是否真的对公共道德构成了威胁。这么做就不会给出版商带来不合理的风险或费用。我还希望大家认识到,随着时间的推移,一本已被公认为艺术作品的书可能不再对公共道德构成威胁,因此,就需要不时重新考虑禁令是否依然合理,在某些情况下则需要将其撤销。除此之外,我认为这个国家的基督教化,以及接受善、识别和拒绝恶的品位教育,才是真正重要的问题。任何形式的审查制度

---

[1] 古希腊神话中吞食水手的六头女海妖。——译者注
[2] 古希腊神话中盖娅与波塞冬的女儿,《荷马史诗》中的女妖。——译者注

无论多么严格，我都不认为它们可以压制一些好的东西，而让许多有害的东西过关，或者过分侵犯个人自由。

新
流
xinliu

产品经理 _ 时一男　特约编辑 _ 李睿
封面设计 _ 朱镜霖　执行印制 _ 赵聪
营销编辑 _ 郭玟杉　产品监制 _ 吴高林

关注我们

流动的智慧　永恒的经典

图书在版编目(CIP)数据

当我阅读时我在思考什么 / (英) T.S. 艾略特著；
刘勇军译. -- 沈阳：万卷出版有限责任公司，2025.2.
ISBN 978-7-5470-6675-1

Ⅰ. I561.65

中国国家版本馆CIP数据核字第20240J3P43号

出 品 人：	王维良
出版发行：	万卷出版有限责任公司
	(地址：沈阳市和平区十一纬路29号　邮编：110003)
印　 刷 者：	凯德印刷(天津)有限公司
经　 销 者：	全国新华书店
幅面尺寸：	106 mm×148 mm
字　　 数：	150千字
印　　 张：	8.5
出版时间：	2025年2月第1版
印刷时间：	2025年2月第1次印刷
责任编辑：	王越
责任校对：	张莹
封面设计：	朱镜霖
ISBN 978-7-5470-6675-1	
定　　 价：	38.00元
联系电话：	024-23284090
传　　 真：	024-23284448

**常年法律顾问：王 伟　版权所有　侵权必究　举报电话：024-23284090
如有印装质量问题，请与印刷厂联系。联系电话：010-88843286**